庄野潤三の本

山の上の家

青春の歌
静かな影絵
走馬燈
中巻
戦場のボレロ

江藤淳
THE RHETORIC & THE POETICS OF ARISTOTLE
John Crowe Ransom
Poems and Essays
JOHN MILTON POETICAL WORKS
PILGRIM'S PROGRESS
BUNYAN
THE LADY OF THE LAKE
HAMLET
句集 花眼 森澄雄
現代俳句15人集
ハムレット
現代詩集 1
現代詩集 2
飛鳥 中勘助著
犬と私 江藤淳
南の星 田中克己
十和田操作品集
冬樹社
山奥の聖家族 十和田操
十和田操名作集
東海道中膝栗毛
日本古典全書 古今和歌集
日本古典全書 芭蕉文集
日本古典全書 與謝蕪村集
随筆集 ランボーの故郷
海からの贈物
歌のわかれ
村のエトランジェ 小沼丹
野生の情熱
汽笛一聲
旅人木
詩集 玄玄 草野心平
肥った女
英文学随筆
黒と白の猫 小沼丹
虫も樹も

BRIDESHEAD REVISITED
EVELYN WAUGH
A WONDER BOOK
THE BRIDGE OF SAN LUIS REY
LINCOLN'S DEVOTIONAL Introduction by Carl Sandburg
DYLAN THOMAS
LETTERS TO VERNON WATKINS
NEW DIRECTIONS
On Emerson and Other Essays
Maeterlinck
HEROES AND HERO WORSHIP
THOMAS CARLYLE
A CENTURY OF ENGLISH ESSAYS
An Anthology
UNTERMEYER
with Shapiro & Wilbur
MODERN AMERICAN & MODERN BRITISH Poetry
REVISED SHORTER EDITION
HARCOURT, BRACE AND COMPANY
Major Poets:
CHARLES M. COFFIN
THESE HAPPY GOLDEN YEARS
LAURA INGALLS WILDER
HARPER
LITTLE TOWN ON THE PRAIRIE
LAURA INGALLS WILDER
支那雑記
佐藤春夫著
わがひとに與ふる哀歌
昨日の會
随筆集
井伏鱒二
新潮社
釣師・釣場
井伏鱒二
新潮社
白鳥の歌
井伏鱒二
筑摩書房
還暦の鯉
随筆集
井伏鱒二
新潮社
武州鉢形城
井伏鱒二
新潮社
悪い仲間
引越やつれ
井伏鱒二
川と谷間
日没閉門
内田百
木靴の山
驛前旅館
静夜思
随筆集
井伏鱒二
漂民宇三郎
井伏鱒二

老人と海
福原麟太郎著作集
福原麟太郎著作集
ある少年兵

三田五ノ九〇八八
庄野潤三
庄野龍

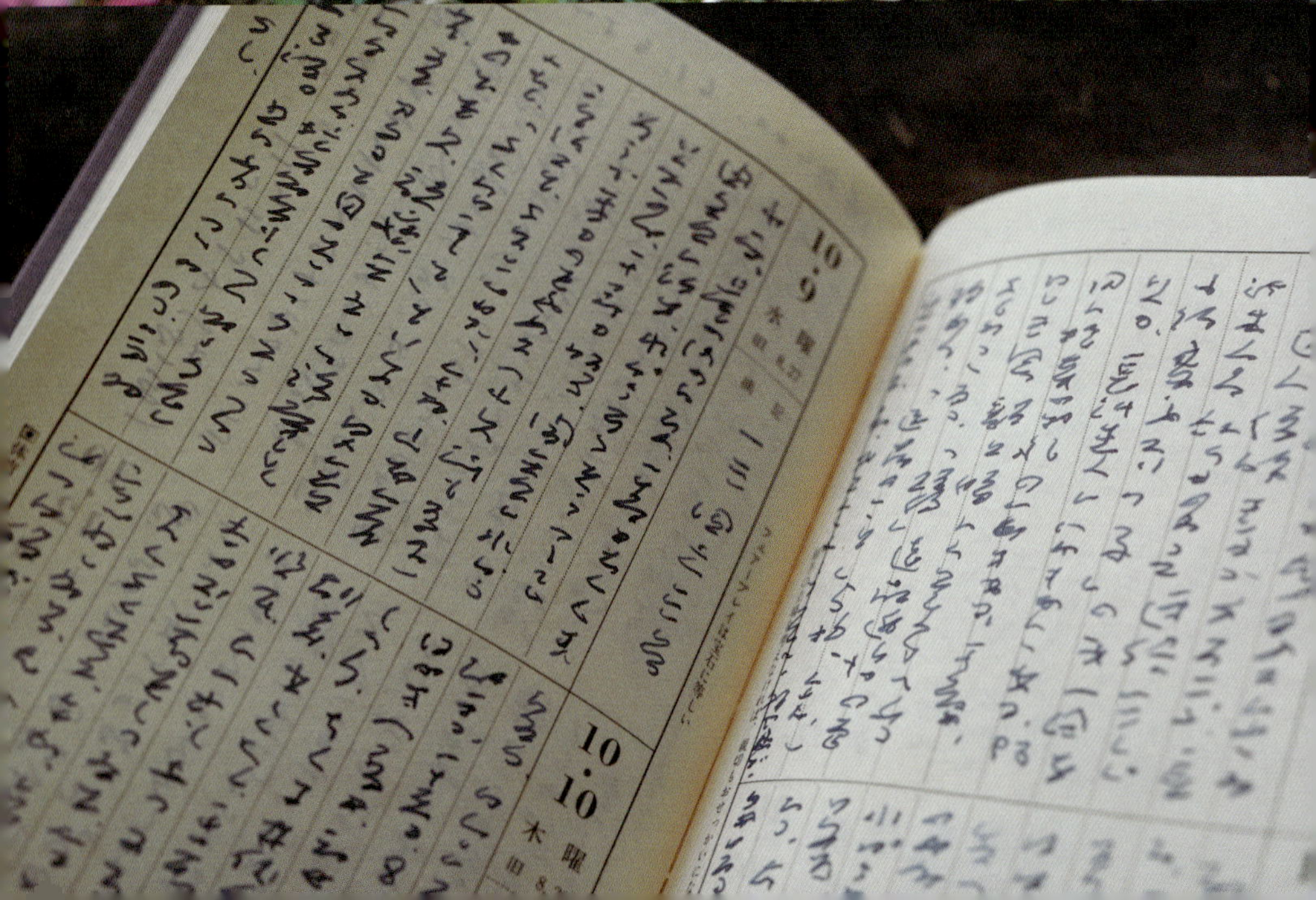
10·9
木曜
10·10
木曜

Ferro Edizioni
Junzo Shono
Un capolavoro
della letteratura giapponese

3B
100

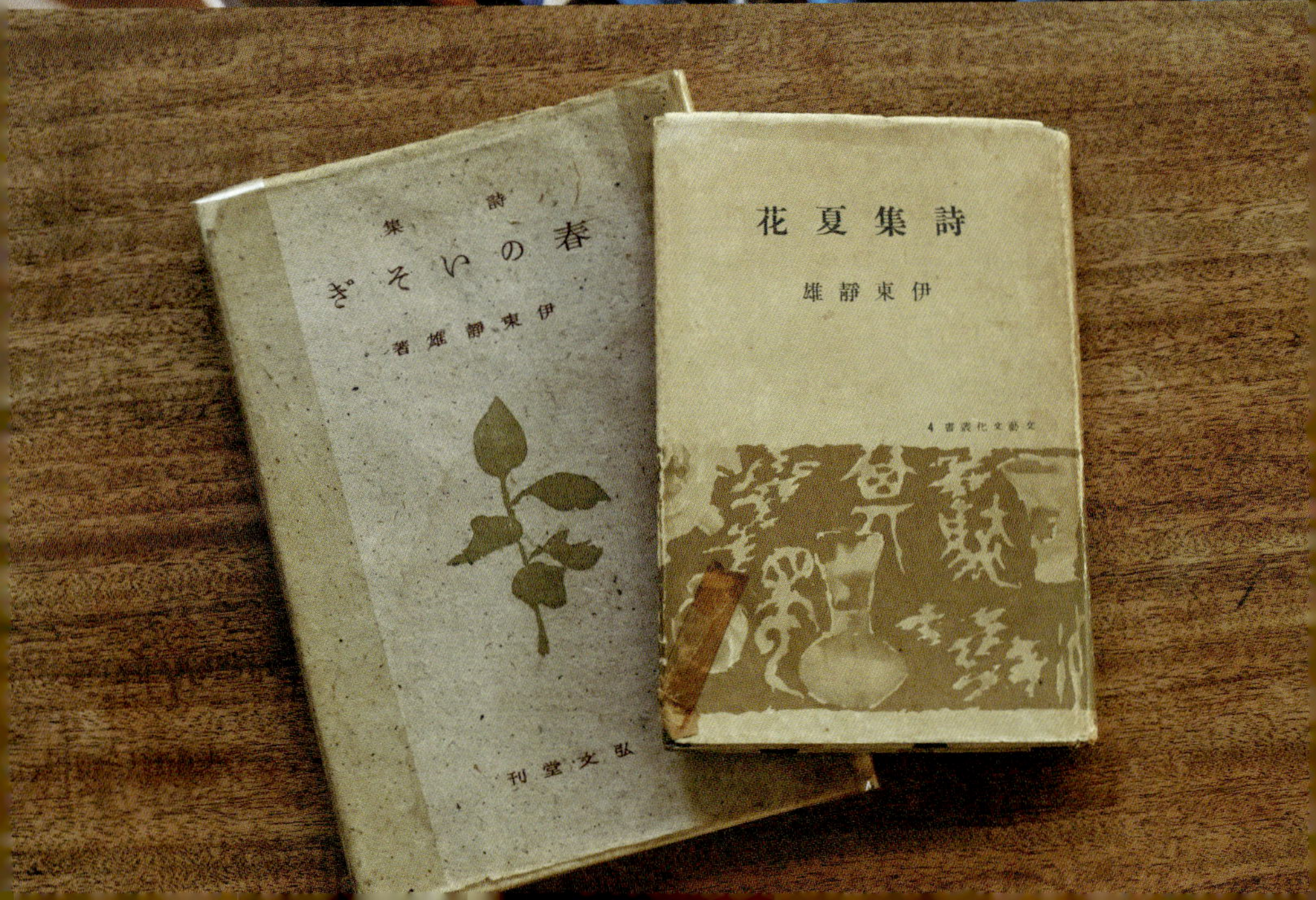
詩集
春のいそぎ
伊東静雄著
弘文堂刊
詩集夏花
伊東静雄
文藝文化叢書 4

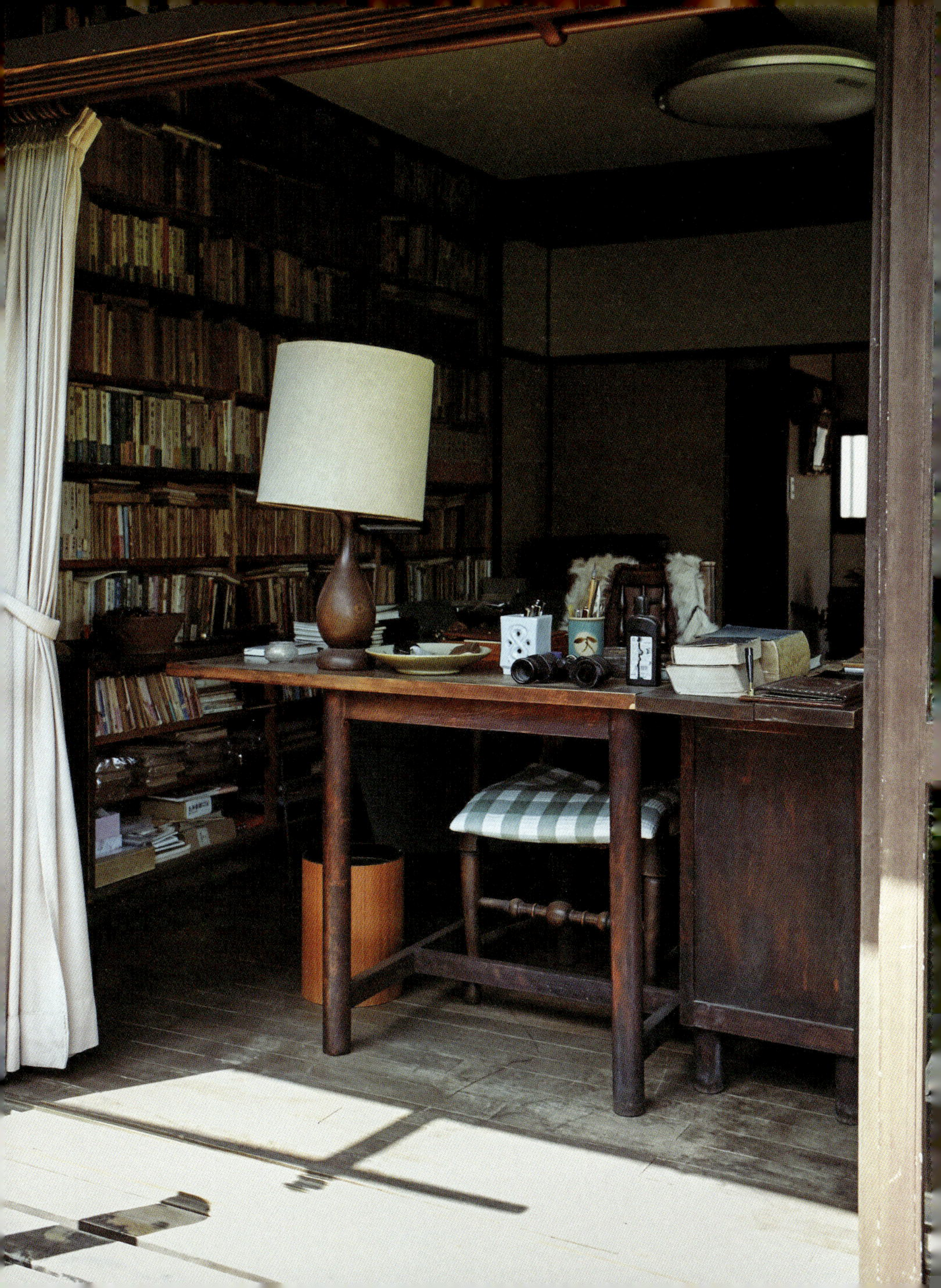

「こんなに大きくなったのか」

庭で大浦がびっくりしたような声を立てた。

居間の縁側のすぐ前、硝子戸《ガラス》すれすれのところに萩が生えている。三つ、並んで生えていて、まっすぐに伸びた右端のは、もうあと一尺くらいで軒に届きそうだ。

そこだけ不意に萩の原が出来たみたいであった。

この萩の前に水道の蛇口があるので、大浦が庭木に水をやる時は、萩の枝をちょっと手でよけるようにして、そこへ入り込まなければならない。それくらいだから、萩が大きくなったことは、彼はとうに承知している。

「どうもいちいち、面倒だな」

と、枝を手でよける度にそう思う。

ところが、いま――八月のおわりのよく晴れた朝、仕事部屋から出て来て、萩の茂みを眺めると、大浦はその成育ぶりに初めて気が付いたようにびっくりしたのであった。

もっとも、この声は家の中にいる家族には聞えなかったらしく、誰も返事をする者はいなかった。細君は風呂場で洗濯物のゆすぎをやっている最中であったし、子供は三人とも勉強部屋に引っ込んでいた。

「どうしてまたこんなに大きくなったんだろう」

相手がいないので、あとはひとり言になった。そうして、少し後ろに下ったり、横に寄ってみたりして、大浦は萩を見ている。

去年は、こんなに大きくならなかった。それも秋のおわりには、すっかり枯れてしまって、大浦の細君が根元からほんの僅かだけ残して枝を全部落してしまったのである。

それがよかったのか、今年になってから目ざましく成長した。去年は何もなかったところに大きな枝が伸びて、風に吹かれると、硝子障子の外側からすうっとなぜる。

昼間、部屋にひとりでいる時にこれをやられると、あまり気味がよくない。いきなり障子の外で大きな影が動くので、人が通ったのかと思う。……

(『夕べの雲』冒頭より)

廊下の突き当りの右側に、前の月まで和子がいた部屋がある。いまはあき部屋になっているが、全くのあき部屋でもない。

この部屋にある鏡台は、細君が使っている。一緒に使っていた相手がいなくなっただけで、これはちゃんと役に立っている。

井村にしても、毎朝、仕事にかかる前に鉛筆を持って、廊下を通ってこの部屋へ行く。和子の勉強机に鉛筆削りが取りつけてある。それで鉛筆を削る。

ついでにいうと、この勉強机は和子が小学校へ入学した時に買ってやった。そのうち、中学へ行くようになり、少し窮屈になったので、新しいのを買おうといったが、本人がこれでいいといって聞かないので、ついそのままで通してしまった。いまでも、小学生の時に彼女が表面に彫り込んだ落書が、そのまま残っている。

部屋に半分、突き出たようになっている押入も、無論のこと、使っている。本棚も使っている。寝台は（これは以前からそうだが）細君がくたびれた時の昼寝に適当に利用している。

和子がいなくなったあと、この部屋をどういう名前で呼ぶか、せっかちな井村は、まだ結婚式が済まないうちから、いろいろと考えていた。大きくはないが、天井まで届く本棚があり、そこに本が並んでいる。

家族はいつでもここへ来て、自分の読みたい本を読むようにしよう。借り出して行って（別に帳面に記入しなくてもよい）、自由に読んでもいいいし、ここの机で読んでもいい。

船の旅をする人が本を読みに来る、小さな、船の図書室のようなものだ。ささやかなものであるが、「図書室」と呼ぶことにしようか。

もうひとつ、案がある。これまで誰か泊まり客があった場合、どこへ布団を敷くか、いちいち考えたが、これからはこの部屋の寝台でやすんで貰えばいい。狭いことは狭いが、よく休まるのではないか。つまり、お客さんの専用の部屋がひとつ出来たことになる。「お客さんの部屋」というのは、どうだろう。

（『明夫と良二』より）

昔、家で何か人の寄ることがあると、母が大きなすし桶にいっぱいまぜずしをこしらえた。それは父母の郷里の四国の阿波のまぜずしで、「かきまぜ」と呼んでいた。家で何かあると母が作る。それは父の好物であった。子供たちもこのまぜずしをよろこんだ。それぞれ別々に煮た高野豆腐、椎茸、人参、きぬさや、薄揚が入っている。そこへちりめんじゃこと胡麻が加わる。出来上ったら、上に錦糸玉子と海苔をかける。

「かきまぜ」を母が作るところを見ていた妻は、作り方を覚えてしまった。そうして、父も母も両方とも亡くなってしまってから、ずっと自分で作っている。お盆に作る。父の命日、母の命日、戦後に亡くなった私の長兄の命日に作る。お雛さまの日に作る。書斎のピアノの上に父母の写真があって、作った「かきまぜ」は写真の前にお供えする。父母長兄の命日やお盆、雛祭り以外にも、ときどき食べたくなったときに臨時に作る。「かきまぜ」を作った日は、「山の下」の長男、次男のところへ妻は配ってやる。この「かきまぜ」を御夫婦でよろこんで下さる清水さんにも届ける。

ミサヲちゃんがフーちゃんを連れて来ると妻から聞いたので、

「久しぶりにフーちゃんの顔が見られる。楽しみだな」

というと、妻は、

「長くいられませんけどと、ミサヲちゃん、いってましたけど」

といった。暫くフーちゃんの顔を見ていないのである。二月の十七日に長男の勤めている新宿のヒルトンホテルに子供と孫が集まって、中国料理の卓をかこんで私の古稀の祝いをしてくれたとき以来ではないだろうか。そうかも知れない。

そのとき、出席した者が一人ずつ何かお祝いの言葉を述べた。ミサヲちゃんの番になったとき、

「フミ子と一しょに歌をうたいます」

といった。

フーちゃんは呼ばれたのに出て行かない。そこで代りにその前に自作のお祝いの漢詩を朗読した次男が出て、ミサヲちゃんと次男の二人で、簡単な仕草の入った「大きな栗の木の下で」の歌をうたった。……


（『鉛筆印のトレーナー』より）

生田の山の上に立つ庄野潤三一家が暮らした家は、一九六一年四月に完成した。当時は、「駅の向うの丘にはかなり住宅が建っていたが、私たちの方はまだひらけていなかった。私たちの家の近所には、すぐ下に三月前に移って来たSさんの家が一軒あるきりであった」（「多摩丘陵に住んで」）というくらい、夜は光が少なく、また風の強い場所だった。作家はこの家で約五〇年間、小説を書いた。

作家が二〇〇九年に逝去したのちは、同じ敷地内に住む長男家族が見守るなかで、妻がひとりで暮らした。足柄山に住む長女も頻繁に母を訪ねた。

家族たちは作家の部屋を当時のままに残した。書棚の本の並びも机の上のペン立ても、作家が原稿を書いていた時とほとんど変わらなかった。

二〇一七年六月、作家の創作活動を長く支えた妻は九二歳で亡くなった。

P7

食事のあと、恒例の坊主めくりと百人一首のかるたとり。フーちゃんは去年と同じように、となりの席の長女に、
「大江山、といったら、とるのよ」
と教えてもらって、「またふみもみず」の札の前に構える。去年も同じこの札を長女に教えてもらって取った。それで百人一首が面白くなった。
（『さくらんぼジャム』より）

P13

井伏鱒二の紹介で買い求めた古備前の大甕。

P14下

作家は幼いころから日記を書き続けた。写真は96年の「当用日記」。

P15

須賀敦子が翻訳した『夕べの雲』
「私の読んだ小説とは庄野潤三氏の「夕べの雲」（昭和三十九年日本経済新聞連載）である。この小説は読んで以来ずっと私の頭を離れなかったし、読んだ時すぐにこの本をイタリア語に訳せたら、と思った。この中には、日本の、ほんとうの一断面がある。それは写真にも、映画にも表わせない、日本のかおりのようなものであり、ほんとうであるがゆえに、日本だけでなく、世界中、どこでも理解される普遍性をもっている、と思った」
（須賀敦子「〝日本のかおり〟を訳す」より）

P16下

恩師伊東静雄の詩集。書棚のなかでは、机からいちばん近い場所に並ぶ。

P20

P21

長女夏子が暮らした小さな部屋。

P28

P29

長男龍也、次男和也が暮らした部屋。子どもたちが家を出たあとは、作家の図書室となった。

P32

阪田寛夫夫婦との一枚。

P33上

本ができあがると、最初に、妻に署名を入れて贈った。

P38

庭のばらは西側の木の茂みのなかにひょろひょろと伸びている「英二伯父ちゃんのばら」にいちばん気をつけている。というのは、四十年前になるが、生田の丘の上に家を新築したとき、大阪帝塚山の兄が枚方のばら園からお祝いのばらの苗木を十本送ってくれた。風よけの木が大きくなり、日当りが悪くなって、そのばらが次々と消えた中で生き残った貴重なばらだから。

（『庭の小さなばら』より）

ink
PILOT

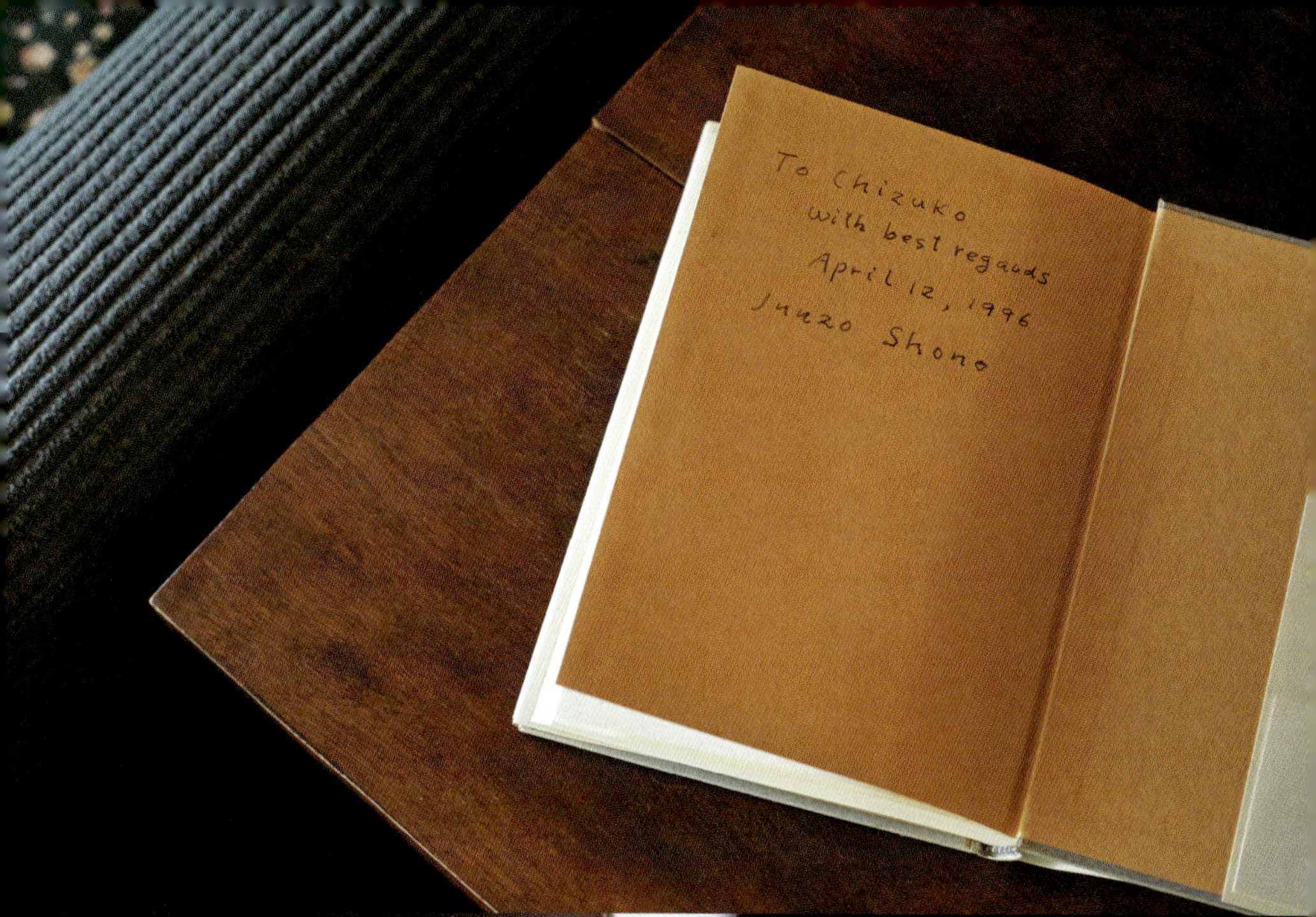
To Chizuko
with best regards
April 12, 1996
Junzo Shono

ink

庄野潤三の本　山の上の家

目次

山の上の家　写真・白石和弘　1
ステッドラーの3Bの鉛筆　佐伯一麦　44
庄野潤三の随筆、五つ　49
わが文学の課題
息子の好物
郵便受け
日曜日の朝
実のあるもの　――わたしの文章作法
子どもたちが綴る父のこと　スケッチ・庄野潤三　69
私のお父さん　今村夏子
父の思い出　庄野龍也

庄野潤三を読む　97

「山の上」という理想郷　上坪裕介

庄野潤三とその周辺　岡崎武志

単行本未収録作品

「青葉の笛」　117

庄野潤三全著作案内　177

宇田智子／北條一浩／島田潤一郎／上坪裕介

年譜のかわりに　216

山の上の親分さんとお上さん江　224

庄野潤三・随筆集収録作品　Ⅲ

庄野潤三・短篇集収録作品　Ⅰ

ステッドラーの3Bの鉛筆

佐伯一麦

二〇一四年一月、庄野潤三の両親の出身地である徳島の県立文学書道館で行われていた「庄野潤三の世界展」を拝観する機会があった。

当時存命だった千壽子夫人から、展覧会の図録が送られてきて、愉しくページをめくりながら、実物を目にしたいけれども、東北に住む身としては四国はちょっと遠方過ぎる、と手をこまねいていたところ、折しも岡山県の笠岡市で所用が生まれた。これも庄野さんとの巡り合わせだろうと考え、思い切って初めて徳島の地を踏むことにした。

昼過ぎに徳島駅に着くと、さっそく文学書道館を訪れた。他に観覧者の姿はなく、おかげでじっくりと庄野さんの文学精神と差し向かいになるように展示に向き合うことが出来た。

書斎の写真があり、古い木造りのどっしりとした仕事机は、樹木が多く、鳥の餌台もある庭に向かって据え置かれていた。それを見て、庭の様子はまるでちがうものの、自分の机の配置と同じだった庄野文学に対する親近感がいや増した。
万年筆、封筒に何円分の切手を貼ればよいかがわかる簡単な秤である書状計、散歩のときにかぶるハンチングと万歩計……。それら庄野さんの愛用品の中でももっとも印象深かったのは、箱にぎっしりと詰まっているちびたステッドラーの３Ｂの鉛筆だった。〈太い指に力をこめて鉛筆をにぎり、鉛筆が短くなるまで削っては書き、消しては書き、机の上は消しゴムのかすでいっぱいです。気分が乗った時だけ書くのではなく、毎朝きちんと机に向います。気晴しの散歩をはさんで、午前と午後、規則正しく働く姿は、職人さんと同じです〉と、長女の今村夏子さんが図録に掲載されている「思い出のアルバム」という文章の中で綴っていた。

直筆原稿を見ていくと、庄野さんは、「舞踏」（一九四九年執筆）などの初期作品は万年筆で書いておられたようだが（私がその晩年に一度ほどいただいた葉書も万年筆の文字だった）、途中から小説の執筆は鉛筆に変えたことが窺われた。転機となったのは一九六〇年に執筆された「静物」の頃だったのだろうか、その小説原稿は展示されていなかったが、『静物』で新潮社文学賞を受賞したときの「受賞の言葉」から後は、いずれの原稿も鉛筆書きとなっていた。角が取れた柔らかな字体は、庄野さんのふくよかで柔らかな文学世界にふさわしく感じられた。

展示を観て回りながら、私が庄野さんの作品を愛読するようになったのはいつからだったろう、と思いを向けた。新潮文庫の『プールサイド小景・静物』を買って読んだのは確か高校一年生のとき。続けて読んだ『絵合せ』は、夏子さんが結婚式を迎える前の様子を詳しく描いた作品で、私は、自分の七つ違いの姉の結婚する日が近付くのを重ね合わせるようにして読んだものだった。

そして、高校を卒業して上京した後、電気工をしながら小説を書いていた頃に住んでいた稲田堤のアパートは、庄野さんの生田のお宅と丘一つ隔てたところにあった。休日には、よく自転車を飛ばして登戸の川崎市立多摩図書館へと向かった。そこには、庄野さんが寄贈した印のある『庄野潤三全集』があり、戦後すぐの時期に書かれた習作から昭和四十八年に刊行された『野鴨』までの小説と、随筆を読むことが出来た。巻末には、同じ放送局で親しく接し、同じく芥川賞作家となった阪田寛夫氏による懇切な解説が付されてあった。

当時の私にとって、〈私は会社勤めをしながら、文学をやろうとしている友人に云うことは一つしかない。ただ気力を振い起す以外に道はなく、それが辛ければ止めるより仕様がない〉（「文学を志す人々へ」）と庄野氏が、学校と放送局に勤めながら小説を書いていた時期を振り返って述べたエッセイの言葉が、暗夜の灯火となった。

＊

そして、今年の春、思いがけず庄野さんのお宅で、ステッドラーの鉛筆をはじめとする庄野さんの愛用品と再会した。さらに、展覧会には運べなかったらしい仕事机、手に入れたいきさつが『夕べの雲』で語られた備前焼の大きな甕、頂き物をまずその上に供えるというピアノ、持ち主の趣味が反映された蔵書……なども初めて目にすることができた。

三月末のその日、夏葉社の島田潤一郎さん、日本文学研究者の上坪裕介さんに道案内されて、小田急線の生田駅から、子供たちが次々と独立して家庭を持ち、孫が増え、丘の上の家に老夫婦だけが住んでいる日常生活を日記の形式で綴りはじめた晩年の庄野作品でおなじみの散歩コースを辿りながら三十分ほど歩いた。初夏を思わせる好天で、季節の中では夏をもっとも愛したという庄野さんにふさわしい日和となった。緩やかな上り坂を行きながら、夏男である私も、上着を脱いで今年初めてシャツの腕をまくった。

お宅へ着くと、足柄山から駆け付けてくださった夏子さん、介護のために隣に小体な家を建てて移り住んだ長男の龍也さん夫妻とともに、昼食をいただくことになった。その前に、仏壇の庄野潤三さん、千壽子さんにお参りをし、庄野さんからは葉書を頂戴し、千壽子夫人からは東日本大震災時にデニッシュ食パンを差し入れていただいたお礼をした。パンとチーズ、生ハムのサラダ、お刺身、おそば、お菓子。晩年の庄野作品にしばしば出てくる山形の酒の「初孫」や、『ガンビア滞在記』『シェリー酒と楓の葉』ゆかりのシェリー酒もいただく。

それから、龍也さんに勧められて、庄野さんがいつも昼寝をしていたというソファで昼寝をした。初めての家で眠れないと思っていたが、家の中をそよ風が通り抜けるのを心地よく感じているうちにうつらうつらしたようで、ぴったり十五分で目覚めた。不思議な懐かしさに包まれていた感覚がのこった。

帰り際、手作りの梯子が架けられている椎の木に登ってみた。そこからは、庄野さんが芝生に寝そべっているときに『夕べの雲』のタイトルを思い付いたという隣の浄水場の広い敷地を見渡せ、咲き残っている桜がちらほら眺められた。

庄野潤三の随筆、五つ

わが文学の課題

巴里祭の日から今日でちょうど十日になる。一年中で僕の一番好きな季節である。美しく澄んだ空に今年最初の入道雲がくっきりとそそり立つのを見る時ほど、心おどりのする時はない。太陽の光は強烈であるほどよい。クラクラと眼まいのするような日の中を歩くのが僕は大好きだ。

真昼の市街を走っている電車の中から、焼けあとに向日葵がいくつも重なり合うようにして咲いているのを見ると、思わず、お！と声を放ちたいほどのよろこびが僕の胸を貫く。果物屋の店先には、露のしめりを帯びたような巴旦杏《はたんきょう》が列《なら》ぶ。あれを見ると、僕はいつも指の先でそっと撫ぜてみたくなる。そして、サロウヤンの「杏が盗みたくなるほど熟したころ」という言葉をたのしく思い浮かべるのである。

外出から帰って来ると僕は裸になり、庭の水道のところへ行って、水を浴びる。水をかぶる瞬間に、ひゃあ！というような声を立てる。冷いからではなくて、そうする方が愉しいからだ。僕はこのように僕の一番好きな季節を残りなく愛する。そして自分で名つけて(巴里祭あと)と呼んでいる。その季節は短い。きらめく夏空にふと疲れを見つける日に、それは終るのだ。終ったと思うと、ひどくさびしい。

しかし、と僕は時々思う。こんな風に僕は生きているけれど、これから先、幾回夏を迎えるよろこびを味うことが出来るのだろう？　僕が死んでしまったあと、やはり夏がめぐって来るけれどもその時強烈な太陽の光の照らす世界には僕というものはもはや存在しない。誰かが南京はぜの木の下に立って葉を透かして見ている。誰かが入道雲に見とれて佇《た》ちつくしている。そして誰かがひゃあ！といって水を浴びているだろう。しかし、僕はもう地球上のどこにもいない。

僕が夏の頂点であるこの時期を一番愛していたということは、僕をよく知る幾人かの人が覚えていてくれるだろう。だが彼等も亦《また》死んでしまった時には、もう誰も知らないだろう。それを思うと、僕は少し切なくなる。

そして、そのような切なさを、僕は自分の文学によって表現したいと考える。そういう切なさが作品の底を音立てて流れているので読み終ったあとの読者の胸に（生きていることは、やっぱり懐しいことだな！）という感動を与える——そのような小説を、僕は書きたい。

僕はまだ小説を書き始めたばかりで自分の書くものが小説と呼ぶに価いするものかどうかも心もとない気がするほどであるけれど、生きていて小説を書きつづける限り、いつかは、そんな小説を書けるようになりたいと思う。

そのためには僕の書いたものに附きまとう淡い感じを抹殺しなければいけない。そして印象の強烈な作品は作者自身が実人生において強烈な生き方をすることより以外生れて来ないということを意識するのだ。強烈な生き方とは何か、何が僕をして強烈な生き方をさせないで縛っているか、それを追求してゆくことが、僕の当面している大きな壁だ。

（「夕刊新大阪」昭和二四年七月二五日）

息子の好物

今年の四月に母が亡くなった。私はまだ一度もお墓に参っていないので気になっていた。八月のお盆にも、九月のお彼岸の時にも行けなかった。

すると、三日に一回くらいの割で、亡くなった父と母の夢をみるようになり、私は少しあわてはじめた。これは「早くお墓参りに帰って来ないか」ということなのである。

夢の中では父も母も生きていた時の姿であるから、そんなことはいわないけれども、夢からさめた後で私はそう心に感じた。

先日、私はやっと帰省することができ、気にかかっていたお墓参りを無事済ませた。気持よく晴れた日で、私は一人で墓地へ出かけ、大きな楠の下にある父母の墓の前に花を飾り、まわりに落ちている枯葉を拾ったりした。

お墓のまわりの枯葉を拾うというのは（私は実はそんなことをするのは初めてであるが）いいものだ。花はなんとあたりを見違えるようにすることだろう。私はそれらの作業に従事している間、すっかり親孝行な息子になったような心持を味わった。

私はやっとそれで望みを果したので、満足して東京へ帰って来たわけであるが、途中の汽車の中で、午後の日ざしを受けてキラめいている海を見ていると、去年の一月、同じ東海道を「つばめ」で帰京する時に見たことを思い出した。

その時、私は、年をとっていても、それまで割合に元気でいた母が突然危篤になったので急いで帰ったのだが、意識不明の状態が五日も続いた後で奇跡的に生命を取戻したのであった。

私はひとまず東京へ戻ることにした。よく晴れた、暖かい日であった。夕方の五時に東京駅に着き、私が出口の方へ向って歩いて行く途中のことだ。同じ車に乗っていた一人の年とった婦人が、窓のところへかけつけた息子に荷物を受け取ってもらうところを見た。

その息子は私と同じくらいの年格好で、会社の帰りに上京して来た母親を駅まで迎えに来たのであろう。このお母さんが一番先に息子に渡したのは、ふろしきに包んだ一升びんであった。

息子がそれを受取る時の申しわけなさそうなニコニコ顔を見た時、私は涙が出そうになって目をそらしてしまった。私はもうそんな風にして駅へ自分の母を出迎えにいくことはないのだと思うと、私の母は生命を取戻してこの世にいるというのに悲しみがこみ上げて来た。

それから一年あまりで母は亡くなったが、私が一番つらかったのはおみやげの酒を窓から受けとる息子を見たその時であった。

（「日本経済新聞」昭和三一年一一月二〇日）

郵便受け

郵便受けが風で飛ばされた。それは一時しのぎに私のうちの中学生がベニヤ板でこしらえた郵便受けで、飛ばされても仕方のないものであった。

前の郵便受けは、しっかりした木の郵便受けで、私たちがここに引越して来た時にはまだ新しかった。それが四年経つうちに、板が割れて、駄目になってしまった。

何といっても、年中、風雨にさらされているものだから、いつかは寿命が来てしまうのだ。そのあと、新しいのを買えばよかったが、子供が自分でつくると云った。材料の板があれば、丈夫なのをこしらえたのだろうが、物置にある古いベニヤ板のあまりを利用してつくった。最初から長持ちする筈のない郵便受けなのであった。

それをどこに打ちつけてあるかというと、地面に立てた丸太ん棒の先であった。その丸太も、雨風にさらされたのと虫が食ったのとで、ぼろぼろになってしまった。

引越して来た時というのは、何だかんだと用事があるものだ。それにこういう山の上だから体裁を考えることもない、丸太ん棒の上に打ちつけたのがかえって家によく似合うんだと云って、ある物で間に合せた郵便受けだが、しまいにどうにもならなくなった。

ぼろぼろになった丸太ん棒は、風呂の焚きつけになり、代りに子供が山で伐《き》って来て、トーテム・ポールをつくるのに使った残りの木を使うことにした。それは真直でなくて、いくらか曲っていたが、いかにも硬そうな木である。その端を子供が斧で削って、地面に打ち込んだ。柱だけ新しくなった上へベニヤ板の郵便受けがのっかっていた。それで半年以上は持った。見るからに危っかしい恰好であったが、割合にうまくつくってあるので、雨が降っても、中の手紙や新聞が濡れるようなことはなかった。

私のところへ来る郵便には、かさばった印刷物が多いので、そういうのを出し入れするのに都合がいいように出来ている。焦茶《こげちゃ》のラッカーもちゃんと塗ってある。

だから、どんなに危っかしく見えても、それが柱の上にのっている限りは、立派に用を足してくれる。どうかした拍子に、首がもげるように柱から取れて、地面に落ちているのを、何度も拾い上げてはまた釘でとめた。

しかし、今年の最初に来た台風で、飛ばされた。もうこれまでのようにごまかしの一時しのぎは通用しない。すぐにまた次の台風がやって来ることは分っているのだ。

私は新しい郵便受けを買う決心をして、それを実行に移すために、ベニヤ板の郵便受けを風呂に燃やしてしまった。こうすれば、すぐに新しいのを買って来ないわけにゆかない。私は家内と一緒に東京まで郵便受けを買いに行った。

最初に入った百貨店には、前に使っていたような、大きくてよく入る、普通の木の郵便受けが一つも無かった。次の百貨店で、やっと望み通りのものが見つかった。家に帰るとすぐにそれを取りつけた。もう飛ばされるな。

（「いんでいら」昭和四〇年一一月号）

日曜日の朝

四月に高校三年になる（無事に進級できるとすれば）下の男の子は、このところ、おなかの具合が非常にいいとはいえない。

夕御飯の途中で、ちょっと中座するようなことが、二、三度、あった。

もしかすると虫かも知れないから、虫下しを飲んでみたらと妻がいい出した。

「顔色はいいわ」

「はあ」

「飲んでみる？　今夜」

「はい、飲みます」

それが土曜日の晩であった。

「ついでに」

と妻は私の方を向いていった。

「みんな、飲みますか」

「いや、こちらは何ともない。間に合っている」

「僕も間に合っています」

大学生の兄は、私に右へならえをした。誰も、下の子につき合ってやろうという者はいない。

「いいです」

と下の子はいった。

「おら、ひとりで飲みます」

私は妻に、虫下しを最後に飲んだのはいつごろかと尋ねた。

「そうですね。もう大分前です」

「どのくらい前だ」

「どのくらい前か、覚えていないくらい前です」

それなら飲ませた方がいいだろう。

下の子は、いま、倫理社会のリポートを書いている。このリポートが期末試験の代りになる。それで、十日くらい前から、珍しく夜遅くまで机に向っている。

虫下しを飲むには都合がいい。目覚時計のベルで起されて、いったいどうしてこんなものを飲むのか分らないが、ちゃんと枕もとにコップの水と一緒に置いてあるからには、飲めということなんだろうと考えて、流し込む——そうならずに済むからいい。

寝る前に、まだ気の確かなうちに飲めるからいい。

下の子は、試験の間とか、こんなふうに特別に何か書いて出さないといけない時だけ、もと姉のいた隣りの部屋へ行ってもいいことになっている。使用許可願いを出さなくても構わない。

ひとつには、自分の勉強机（それは兄の机と向い合せになっているのだが）が物置きのようになっていて、ノート一冊ひろげる隙間もないからであり、もうひとつは、夜中過ぎまで起きているると、反対側の窓際の寝台でやすむ兄の睡眠を妨げる怖れがあるからだろう。

ところで、姉が中学二年の時からつい三年前までいた部屋は、この家の北西の隅にある。本棚と寝台、古い、小さな勉強机と椅子、整理簞笥と鏡台でほぼいっぱいになる。

その上、釣り戸棚式の押入があるので、はじめてこの部屋に泊まってもらうお客さんには、慌てて飛び起きると、頭を押入の角にぶつけるので、よく気をつけて下さいと前もって頼んでおかなくてはいけない。長女が結婚してからは、誰か泊まり客がある場合、ここが寝室に当てられるようになったから。

こんなふうに手ぜまではあるが、落着くことは落着く。閉じこもって、夜ふけまでリポートを書いたりするにはぴったりしている。

ついでにいうと、下の子はふだんはもっと早く寝る。サッカーの練習で帰りが遅いから、夕食を終って風呂から出ると、もう十時ころになる。そのあと、自分の寝台に坐り、うしろの壁にもたれて、たて笛を吹く。

目をつむって、うっとりして「九州地方の子守唄」とか「グリーンスリーブス」を吹いている。そのうちお茶の時間になり、みんなで——といっても四人しかいないが、果物を食べたり、紅茶を飲んだりする。

で、私が寝床へ本を持って入るころには、「おやすみなさい」をいいに来る。はた目には悠々と生活しているように見える。いまだけ、特別であった。……

あくる朝、私は二人の子供を起して、近くをひとまわりした。

多摩丘陵のひとつであるこの丘へ私たちの家族が引越して来てから、ちょうど十二年になる。最初のころは、たまに野兎の姿を見かけることもあるような、静かな山であったから、休みの日には、起きるとすぐに二人の男の子と一緒に運動に出かけた。

上の女の子は、妻の手伝いをして朝御飯の用意やら掃除をするので、連れて行かない。男だけ三人で行く。その習慣がついたのは、移って来て二年近くたった冬休みからであった。

私が二人の寝ている部屋へ行き、先《ま》ず起床といっておいて、

「舎前集合、五分後」

という変な号令をかける。

帝国海軍では、何をするにも「五分前」であった。私は、それに手を加えて、いくらか間伸びのしたものにした。

もっとも、子供の方は面白がって、大急ぎで服を着て、玄関の前へ駆けつけた。

それから私は、二人の子供の先頭を切って、崖の雑木林に沿った小道を駆足で通り抜け、赤松の株のそばの斜めになった芝生で体操をした。

上の子が小学五年生、下のが一年生であった。まわりは山だし、見ている人なんかひとりもいないので、誰にも気兼はいらなかった。

その後、ブルドーザーで山が大きく削り取られ、舗装道路にかこまれた住宅町になってからも、私たちの朝食前の散歩は、休みの日の日課として残った。

「マムシの道」と呼んだ崖のそばの道もあとかたなしに消え（そのあとを探そうとすれば空のあたりを指ささなくてはいけない）、「舎前集合、五分後」の号令はも早や聞かれなくなった。そのうち、上の子が高校でサッカーを始めると、日曜も祭日も殆《ほとん》ど試合か練習でつぶれるようになった。

舎前に集合しようにも、集合できない。私たちが起きるよりももっと早い時刻に、上の子は家を出かけるのである。仕方なしに私は、下の子と二人だけで歩いた。三人だといいが、二人で歩くとなるとさっぱり威勢がよくない。

中学で陸上競技をしていた下の子は、高校へ入るとサッカー部に入った。兄と同じように、休みの日には朝早く出かけることが多くなった。そこで、兄弟が二人とも家にいる日に限って、朝食前の散歩に行くというふうに改まった。

私たちは浄水場の裏門を通り過ぎたあたりで、一羽の鳥が歩いているのに気がついた。こちらにはまるで関心の無い様子で、斜めに道を横切った。

私は、その行方を目で追いながら、

「あれは」

といった。

すると、下の子が、

「雲雀《ひばり》」

「そうだな」

私も雲雀ではないかと思ったが、ちょっと迷った。

浄水場の芝生にいる雲雀は、よく見かける。舗装道路の上でいきなり出会ったものだから、分らなくなった。

それは今年になってから、はじめて見かけた雲雀であった。クロッカスの蕾や、この四、五日、

朝早く来ては隣りの庭で鳴いて、すぐにどこかへ行ってしまう鶯《うぐいす》につい気を取られて、雲雀の

ことを忘れていた。

うっかりしていた。

家に戻ると、妻は大根おろしを擦っている。もう御飯も焚けたし、味噌汁も煮えた。これか

ら私たちの朝食が始まるのだが、下の子はその前にしなくてはいけないことがある。

虫下しの三粒は、寝る前に飲んだ。その結末をつけなくてはいけない。ところが、望み通り

に事は運ばないらしい。

仕方なしにコップに一杯、井戸水を飲んだ。それで何とかなるかと思ったら、ならない。飲

まなかったのと変りがない。

妻が、何ともないと聞くと、はあと答える。実際、何ともないような声でいう。

「はあ、じゃ、困るじゃないか」

兄がそばからおどす。

「しっかりしろ」

「は」

下の子は、口のまわりに生えたひょろひょろした髭を指先で撫ぜながら、いった。

「いいことがあるわ」

と妻はいった。

「牛乳を飲んでみたら？　冷たいのを」

「牛乳、ですか」

下の子は哀れな声を出したが、罎を渡された。首をかしげて、

「入るかな？」

「入っても入らなくても、飲むんだよ」

と兄がいう。

「ぐずぐずしていたら、おなかの中で虫が目を覚ましてしまうだろう」

「そうだ。そろそろラジオ体操を始めるころだ」

これは、私がいった。前にも何かこういうことをいって、せき立てたことがある。あれも、やはりこの子ではなかったか。

下の子は、目を白黒させて、もともと細長い顔を伸び縮みさせながら、やっとの思いで一本の牛乳を飲んだ。

間もなく私たちは食卓についた。そうして、虫下しを飲んだ子も、飲まなかった残りの三人も、おいしく朝御飯を食べた。


（「泉」昭和四八年六月夏季号）

実のあるもの

——わたしの文章作法

思いついたことから書いてみる。

なるべく文章ということは忘れてしまうようにして書いた方がいい。それよりも何を書くかということが大事で、そっちを考えるのでいつも精いっぱいである、という方がいいような気がする。

内容がよければ、文章もひとりでによくなって来る筈で、つまりごまかしの利かないものである。大したことでもないのに、技巧をこらして物々しいような書き方をしていると、かえって滑稽に見える場合がある。

私は、何を書くかでその文章の値打もきまって来るのだから、文章ということは特別に考えない方がいいと思う。その方が文章のためにもいいのではないか。よい文章というのは、書いた人の思っていることが何よりもはっきりと表われているものを指すので、書いた人がつまらないことを考えている時は、文章もつまらなくなる。文章がよくなるということはない。

「文は人なり」という言葉は、現代の人には古風な印象を与えるかも知れない。しかし、文章についてこれだけうまく云った言葉はほかにあるだろうか。文を書くのは人である以上、書く人のよしあしがそのまま文となって表われる。これ以上、正直なものはない。どんな風に書いたところで、その人の全部が出てしまう。その人の身の丈だけのものが、文章に出る。

人間には誰しも人によく思われたいという気持があるから、文を書く時、それが感想文のようなものでも、手紙でも、いい文章で書こうとする。何かいいような風に書こうとする。それでうっかりすると、巧言令色は鮮《すく》ないかな仁、ということになる。

いま、私は論語のはじめに出て来る有名な言葉を口に出したが、これは文章を書く上にも大事なことのように思われる。「論語の講義」（大修館書店）の中で諸橋轍次博士は、次のように書いて居られる。

「人と交わる場合に、ことさらに言葉を巧みに飾り、顔色態度をよくして行くようでは、その人がらの中には仁道は殆ど存しない」

これは、かなり手きびしい言葉である。それはおそらく、この教えがなかなか守られないからでもあるのだろう。巧言令色の方が普通になっているので、孔子さまもそれを歎かれて、鮮ないかな仁、と強い口調で云われたのかも知れない。

この文の、「人と交わる場合」を「文章を書く場合」と置きかえてみれば、どうだろう。「その人がら」の代りに「その文章」とすればよい。仁というのは、人間がこの世に生きて行く上でいちばん大切なものであるから、それが少ないということは、値打がないということになる。そういう文章は、全く取得がないことになる。

文章というのは、実《じつ》のあるものであればいい。それが根本で、ほかに何もないと云ってもいいいだろう。この「実」という言葉も、近頃では耳にしなくなった。こんなことを誰も云わなくなったのだろうか。

亡くなった詩人の伊東静雄に「文章」という短文がある（人文書院版『伊東静雄全集』）。そのおしまいは、

「芸術というものは誠さえこもっておれば、下手なほどよろしい」

という言葉で結ばれている。

味わいの深い言葉である。この反対になることを、われわれは最も用心しなくてはいけない。誠がなくて、上手なように書いている文章がいちばんよくない。

ここまで書いて、もうほかに何も書くことがないような気持になった。書き始める前には、もっといっぱいあった筈なのだが。

行き届いた、よい文章だな、とよその人の書いたものを読んで、ひとりで感心することがある。ちっとも大げさなことを言わないで、やさしい、平明な言葉づかいで、書いていることがそのまま、こちらの胸へひとつひとつ、しっかりと入って来る。

よけいなことは、ちっとも云わない。肝腎なことだけ云っている。そうして、何を云い、何を云わないでおくかということを、はじめからちゃんとつかんである。書くことをよく呑み込んでいる。（いま、私が書いているのは、そうではない方の例だと思ってほしい）

筆者が書くことをよく呑み込んで書いているから、読む方にもよく分る。それは勢い込む必

要もないし、鬼面人《きめんひと》を驚かすような云い方もしない。いつでも本筋のところから離れない。当り前のことを当り前のように書いて、いい具合におしまいになる。

これは、書き手の人の頭がいいということがある。私もこういう書き方を真似たいと思うが、それはちょっと及ばないという気がする。いい文章は、苦労せずに話がうまいこと運んで行って、なるほどと思っているうちに終りになり、あとにいい心持が残る。

この話の段取りというのが、文章のうまい人には、自然についているように見える。ぎくしゃくしない。なだらかにゆくのである。

それは書いている人の親切を示すものだと云えよう。これもさっき言った「実のある」書き方のうちに入る。

何を書くかということを、先ずよく知っているのが第一、次にそれを相手に分って貰うためにはどういう順序に話してゆくのがいちばん効果的であるか、これには整理と工夫が必要である。

おそらくすぐれた書き手は、殆ど無意識のうちにこれらのことを済ましてしまって、文を書くのではないか。

頭でいちいち考えずに、ペンや鉛筆を持った手がひとりでに書いてゆく。瓦屋が屋根に瓦を葺《ふ》くように、仕事をよく覚えている手が、さっさと段取りをつけながら動いてゆくのではないか。

それでなければ、いい文章を読む時にわれわれが受ける、あのいかにも自然で快い印象は生れないだろう。

私なんかは、そういう人の真似は出来ないから、行き当りばったり、順不同で書くよりほか仕様がないと思っている。

以下、もうひとつかふたつ、書きとめてみる。ここまでに私が云ったことと重複することにもなるが、文を書く上でなるべく避けた方がいいと思うことである。

なるべく大げさな云い方をしないこと。

例えば何かの絵をみて、感心したとする。それを言葉にする場合に、つい最大級の表現を用いたくなるものである。嘘をつくわけではない。本当に感心したことはしたのだから、嘘ではない。ただ、どうしてもこういう時は、知らず知らず大げさな云い方をしがちで、しかも自分で大げさなことに気が附かずにいる。「美しい」という言葉で表わすとすれば、その絵をただ「美しい」と云っただけでは足りなくて、その上にさまざまな言葉を持って来て、強めようとする。

それは、人間の気持としてはむしろ自然なものであって、そうした心の働きは決して非難すべきものではないかも知れない。ただ、最大級の表現というものは、書いた人の考えるほどの効果を文章の上で生まない場合が多いのである。

英語では、形容詞に比較級、最上級という変化がある。日本語にはそれがない。ということは、「美しい」というひとことで書き手の云いたいだけのものを託すことが出来る。比較級も最上級も必要としないのである。

絵をみていいなあと思った時、人は騒ぎ立てるだろうか。本当は何も云わなくていい。あとで人に話すにも、「よかった」で足りる。チェーホフは、はじめて海を見た生徒のノートに、ただ「海は大きかった」と書いてあるのをみて、賞めている。（ブーニン『チェーホフ』）

日本語の本来持っている筈のゆたかな働きを、もう一度振り返ってみよう。そうして、託せるだけのものを言葉に託してみよう。このひとことでは、あっさりしていて、何だか頼りないという気がするかも知れないが、うまく用いられた言葉は、そんな心配をはね飛ばす力を持っている。

持ってまわった云い方をしないこと。

平たく云えばこうだと、自分で分っている時は、平たく云った方がいい。持ってまわった云い方をすると、内容に重味が加わると思うのは間違いで、反対に心ある人のあなどりを受けるだけである。

最後に自分の好きな文章は、どこかにのびやかなものがあって、生き生きしている人のが好きである。

（「国語教育」昭和四四年一月号）

子どもたちが綴る父のこと

徳島県立文学書道館文学特別展「庄野潤三の世界」
（二〇一三年一二月二一日〜一四年二月一一日）図録から

私のお父さん

今村夏子（庄野潤三 長女）

石神井時代

父が文学を志して母と二人の子供を連れて上京した時、東京駅に出迎えてくれたのは、安岡章太郎さん、吉行淳之介さん、遠藤周作さん、島尾敏雄さんら若い作家の友人達でした。母はその奥さん達と仲良くなり、知らない土地に来ても、ちっとも淋しくなかったそうです。皆さんお金は無くても夢はいっぱいで、飲んだり助け合ったりしたそうです。若い父と母は、広い麦畑の中の小さな家で、のびのびと家庭を築いていきました。当時の事は、初めての新聞小説「ザボンの花」に書かれています。初めは銀座の朝日放送に勤めていた父が、夕方お土産のケーキの箱を持って道の向うから姿を現わすと、弟と私は嬉しくてとび上りました。近くには檀一雄さんの家があり、当時珍しかったテレビを観せてもらいに行きました。自転車の前と後に子供を乗せて父がこぎ、母は横を走るのです。ボクシングや、レスリングの試合を観に、いっぱい人が集っていました。ロックフェラー財団の招きで父と母が一年間アメリカに留学したのもこの頃で、留守宅の家族は淋しかったけれど、仲間の作家の方達が心配して親切にして下さいました。父が会社をやめて暇になると、自転車の後に私を乗せて、たびたび荻窪の井伏鱒二さんのお宅を訪ねました。井伏さんと父が話をしている間、私はお八つをいただいて奥様に折り紙などで遊んでもらいました。石神井の家のまわりは牧場や小川など自然がいっぱいで、庭には鉄棒があり、健康で楽しい子供時代でした。

夏の思い出

父は、十月に生まれた私に「夏子」と名付ける程夏が好きでした。それは、入道雲が湧き上り生命の躍動する様が好きという他に、海で泳ぐのが大好きだからです。帝塚山《てづかやま》学院の初代院長だった祖父の庄野貞一は、夏休みに全校生徒を臨海学校に連れてゆき、丈夫な体と心になるように遠泳をさせました。父は、夏になると自分の家族を引き連れて外房の海岸に行き、小さな宿に三日程滞在して朝から晩まで真黒になるまで遊ばせました。小舟を借りて沖を遠泳させられた事もあります。お陰で私達姉弟は、魚のように泳ぐし、荒海もこわくありません。昼には、近くに住む近藤啓太郎さんのご家族が合流し、奥様の作られた豪快なお弁当をたいらげました。遊び疲れて帰る日には、太海駅前の田丸食堂のカツ丼をとどめにいただき大満足。どんな時でも食べる事がついてくるのが我家流です。

父の仕事ぶり

父はトリ年です。だから朝は日の出と共に起き、家族揃って朝ご飯を食べてから机に向います（夜は仕事をしません）。その前に母が机の上をきれいにします。原稿用紙にステッドラー社の鉛筆で書きます。太い指に力をこめて鉛筆をにぎり、鉛筆が短くなるまで削っては書き、消しては書き、机の上は消しゴムのかすでいっぱいです。気分が乗った時だけ書くのではなく、毎朝きちんと机に向います。気晴しの散歩をはさんで、午前と午後、規則正しく働く姿は、職人さんと同じです。毎日電車に乗って会社に通うサラリーマンとも変わりません。書きたくなくても、書けなくても、家族を守る為にひたすら机に向って書く父は、意志の強い男らしい人でした。

我家の食事

「一食たりともおろそかにするな。」が我家の教えです。お金が無くてもあっても、元気でおいしくご飯をいただける事は幸せです。子供の頃、たまに食べるスイカは、うんと大きく切って、ハダカになって縁側に並んでかぶりつき、タネは吹き飛ばしました。普段は質素でも、誕生日などは特大のカツレツをいただきました。原稿料が入ると銀座に繰り出し洋食を食べ、ケーキを買って帰りました。特急に乗って遠くの町へうなぎを食べに行った事もあります。ご飯をおいしくいただく為に、父は身体を動かして汗をかく事を奨励しました。「勉強しろ。」とは言われませんが、「お腹をペコペコにしてきなさい。」と言われました。そういう訳で、家族皆が思う存分食べて動けなくなり、思い思いの姿で横になり、レコードを聞いているのが我家の夕食後の情景でした。

父とお酒

父はお酒が大好きです。祖父も伯父達も好きだったので、庄野家の血統なのでしょう。母の話では、若い頃は友人と飲んで屋根に登ったり、酔いつぶれて玄関で寝たりしたそうですが、東京へ来てからは、井伏鱒二さんがお手本となりました。井伏さんは、文壇一の立派な酒豪ですが、我家の酒盛りにも来られました。何週間も前から母が準備をしていました。井伏さんのお仲間のお酒は、飲む程に陽気になり歌や笑いの起こる、とても楽しい会でした。

お料理も残さず召し上がり、ちゃんと自分の足で歩いて帰られます。中学生だった私もお酌などして手伝いましたが、子供心に「お酒っていいな。」と思いました。父は「ワシに休肝日は無い。」と言い毎日晩酌。一日中台所に立っている母の手料理で、ビールにお酒、ご飯も甘い物も果物もいただいて、ご機嫌でした。そんな父ですから、子供達にもお酒を楽しく飲む事を勧めていました。最後に父と一緒に飲んだのは、父が補聴器を誂《あつら》えるのをいやがった時、母と弟と私とで、「その後で、おいしい生ビールを飲みましょう。」と誘い出した時です。デパートの中のレストランでお料理をとり、生ビールやデザートワインなどいただきました。あの日の生ビールの味は、父の嬉しそうな顔と共に生涯忘れられない思い出です。最晩年に父が倒れて寝たきりの生活になった時、父の気持ちが何でも分かる母は、いい事を思いつきました。胃ろうで栄養を取っていた夜の食事の時に、綿棒にビールをひたし、口の中に香らせます。その途端、父の顔が輝き、頬がピンク色に染まります。ベッドの上で暮らしている父の、一日の終りの至福の晩酌タイムでした。こうして父は最後の日まで大好きなお酒を楽しみました。

父と母

父は私が覚えている限り、自分で電車の切符を買った事は無く、お湯を沸かした事もありません。家でも外でも母が一緒にいたからです。他の作家は、取材旅行に一人で行くと聞きますが、父はいつも母を連れていきました。抜群の記憶力の母は、父の取材ノートになり、後で「あの人は何と言ったか?」「何を食べたか?」など聞かれた事にすべて答えていました。デパートに家具や洋服を買いに行くのも一緒です。せっかちで、「早よせい。」が口癖の父ですから、母は「洋服を選ぶのに五分しかないの。」とこぼしていました。でも二人共、良い品を長く使う英国流の考えでしたので買い物に失敗した事はありません。晩年には、父はますます母の手料理を好み、近所の散歩を楽しみ、庭の花や木や小鳥を愛し、我家が世界中のどこより好きな場所でした。八十五歳で倒れて介護度五の状態になった時、母は父を家に連れて帰るという固い決意をつらぬき通し実現させました。家族や看護婦さん、ヘルパーさん総動員で介護し、三年後、愛する我家で大往生しました。父が亡くなった今も母は「横にお父くんが居る。」と言い、事あるごとにお願いをし、「又かなえて下さった。」と喜んでいます。そんな父と母の姿を見て思うのは、「夫婦は、いい時も悪い時も決して離れてはいけない。」という事です。

介護艦隊

父が脳梗塞で倒れたのは、八十五歳の秋でした。病状は重く、お医者様には「介護度五の人を自宅で看るのは非常に難しいです。」と言われたのですが、いつも冗談を言い合っていても、いざという時にはがっちり団結するのが我が家族であり、父の教えです。難しい事を一つ一つ解決して在宅介護を実現させました。庭に家を建て、上の弟一家が引越してきました。母と子供達とその連れ合いが全員参加の当番を組みました。そこにドクター、看護婦さん、ヘルパーさん、リハビリの先生、入浴サービス、床屋さんも加わり、総勢何と三十名を越える介護艦隊が出現しました。家族はぶきっちょでも必死で介護を覚えていき、プロの人達は皆有能で魅力的な人達ばかりです。静かだった父と母の家がにぎやかになりました。これだけの人が出入りするので話のタネもいっぱいです。庭に小鳥が来たり花が咲いたら父に見せました。入浴の時は、五月は菖蒲《しょうぶ》の葉を、冬はユズを浮かべました。晴れた日は、弟達が父を車椅子に乗せ、父のお気に入りの散歩コースを行きます。このような明るく規則正しく穏やかに流れていく、最晩年の二年半の日々を作りだし指揮していたのは、父でした。ベッドの上で動けなくても、物が言えなくても、父はいつも家族の中心であり、不屈の力で家族を守ってくれている事を、皆口に出さなくても分かっていました。介護艦隊の隊長こそ、ベッドの上の父だったのです。そして父は倒れて三年目の穏やかに晴れた秋のお彼岸の日に、見事に隊長の役目をやりとげて、ご先祖様のもとへ行ってしまいました。

父のお墓

父の仕事場は家なので、私は小さい時からずっと父のそばで育ちました。結婚しても十年間は歩いて行ける所に住んでいたので、両親から離れたのは、今住んでいる足柄山の林の中の家に引越した時からです。親からの宅急便を受け取ったのも初めてでした。安心させる為に、私は宅急便のお礼や近況を手紙に書くようになりました。三人の男の子を引き連れて自然の中で暮らし始め、又一人男の子が生まれたので、報告する事は、いっぱいです。「ハイケイ、足柄山からこんにちは」で始める手紙には、家族の様子や庭に来る小鳥やヘビ、タヌキの事、夕食の献立まで何でも書きましたが、心配性の父なので、困った事はおもしろおかしく書きました。父は、そんな手紙を喜び、小説の中にそのまま入れました。「インド綿の服」

は、私にとっても、フロンティアスピリットに溢れた当時の思い出の本です。父と母はよく訪ねてきてくれて、サンドイッチや昼寝を楽しんでいました。ある時、近くのお寺に案内しました。深い山の中に静かに建つ、曹洞宗の立派なお寺です。明るい墓地は小鳥のさえずりが聞こえ、お正月は大人も子供もお参りに来て「おめでとう」の声があふれます。先祖を大切にする父は、とても気に入り、ここにお墓を作りました。南足柄市にある、玉峯山長泉院です。私にお墓のお守りを託したのだと思います。その時は気づかなかったのですが、ここに父が眠る今、生田の丘と足柄山を自由に飛んで、父は生きている時と同じように家族を見守ってくれている気がします。私は庭の花を摘み、犬を連れて森をぬけ、父のお墓参りに行くのが大好きです。

（「庄野潤三の世界展」図録所収「長女、夏子の思い出のアルバム」を改題）

ムームー着て辞書を読み

ホットケーキを食べる和也

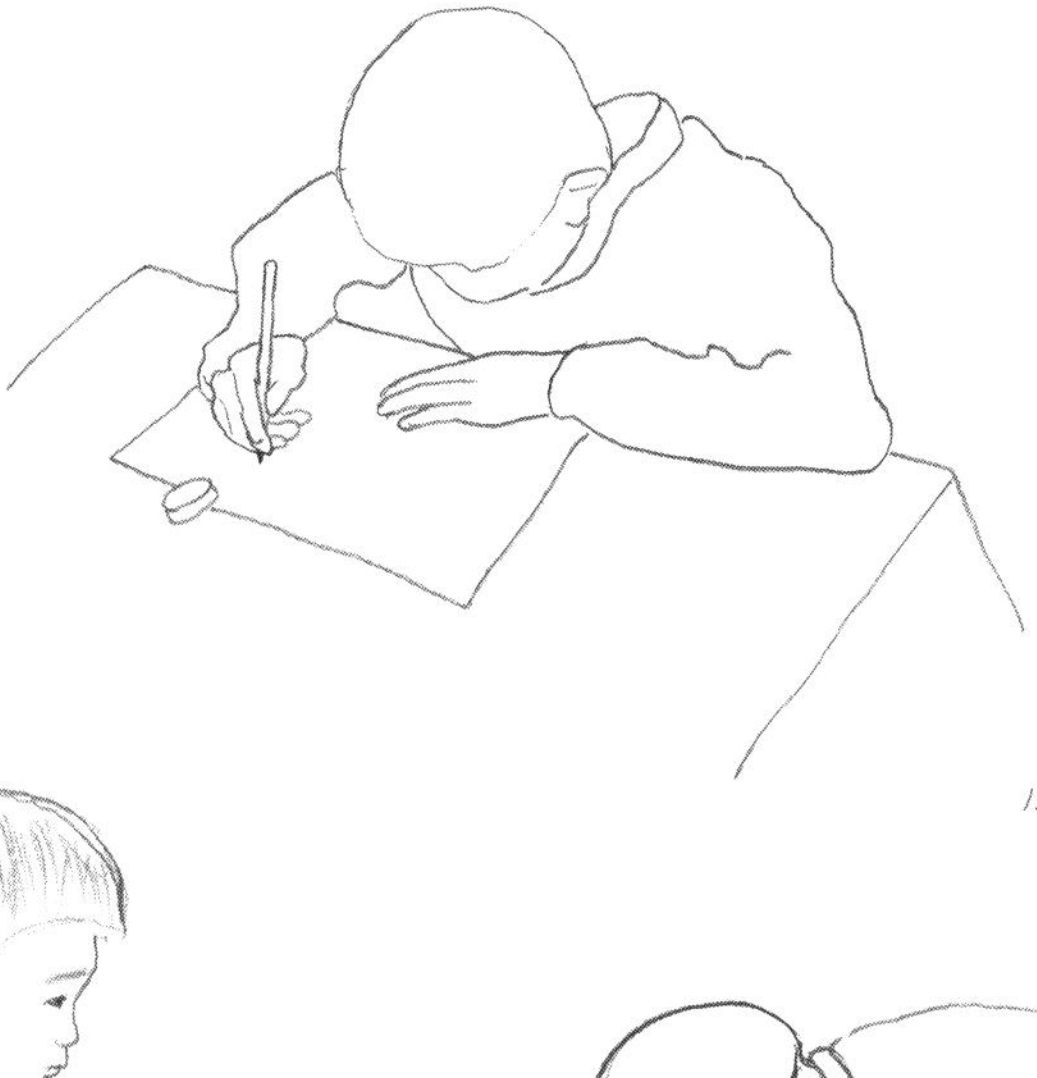

1.7　冬休みの作文を
書く誌也

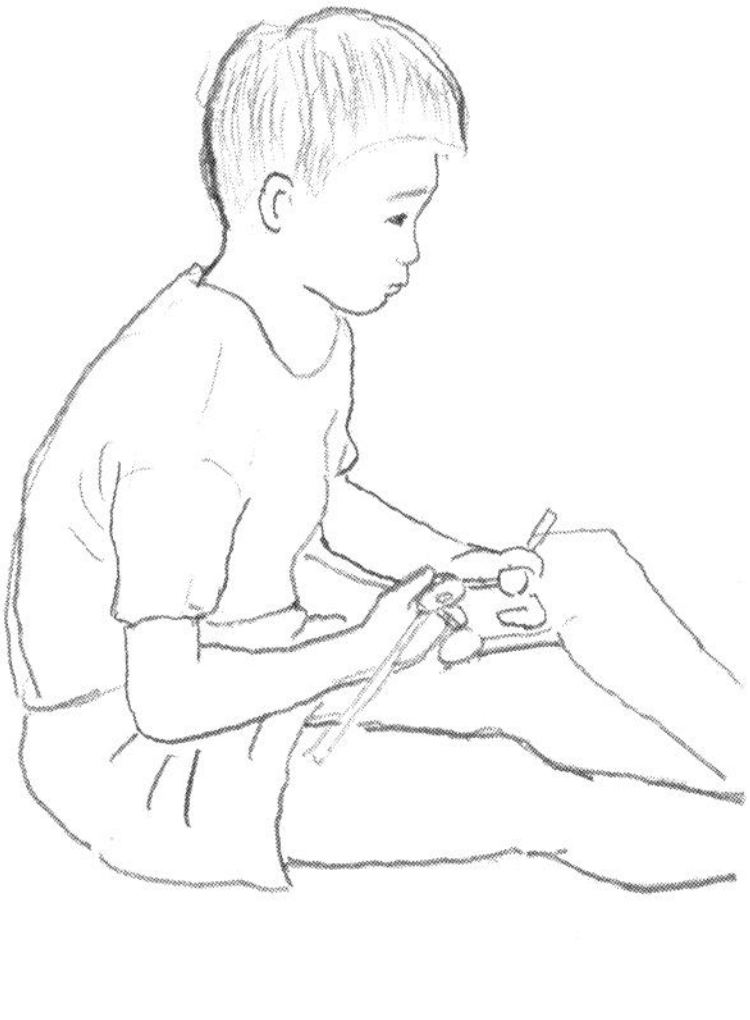

父の思い出

庄野龍也（庄野潤三 長男）

朝、ふとんでまどろんでいると、洗面所から電気カミソリの音が聞こえてきます。しばらくするとノックの音がして、父が子供部屋の戸を開けます。

「起床、舎前集合五分後。」

私たち兄弟が急いで着替え玄関に集まると、父はもう犬を連れて待っています。それから近くの山を散歩します。

父は作家なのでいつも家にいました。自由業なので、寝たいときに寝て、起きたいときに起きればいいのに、いつも早起きでした。物心ついたときから、父が家にいるのは当たり前のことでした。遊んでもらえるのはうれしいけれど、その分よくしかられました。すべてが都合良くはいかないものです。

家族全員で海に行ったのは、とても楽しい思い出です。父は夏、海で泳ぐと、冬、風邪をひかないと信じていました。とにかく塩水にたっぷりつかることが大切なのです。

最初に海に行ったのは私が八歳のときです（その前は記憶がないだけですが）。千葉の外房にある太海というひなびた海水浴場で、作家の近藤啓太郎さんに紹介され、毎年行くようになりました。五泊くらいしたでしょうか。高級な旅館ではありませんが、当時の苦しい家計のなかで大変だったと思います。それだけ父が大事な事と考えていたからでしょう。

健康のためだけでなく、泳ぎを覚えることも、海に行った理由のひとつです。父は熱心に平泳ぎを教えてくれました。船が遭難した時には、平泳ぎが一番だと云っていました。

姉はとても熱心に習うので上達が早く、すぐに泳げるようになりました。私は、海は冷たいし、磯で蟹をとっていたほうがずっと楽しいので、逃げ回ってばかりいました。そんな私になかば愛想をつかしながらも、父は持ち前の粘り強さで、私にも泳ぎを仕込むのに成功します。おかげで、これまでにおぼれた事もないし、風邪もめったに引きません。

父は子供には平泳ぎを教えましたが、自分はクロールが得意でした。波のあいだをすべるように泳ぐ父は、本当にかっこよく見えました。私もあんなふうにクロールが泳げていたらと思いますが、さすがに父も、そこまでの忍耐力はなかったようです。

父は水泳だけでなく走るのも速く、学生時代はラグビーをやっていました。本人が言うには名選手だったそうですが、実際に見たことはありません。

よく覚えているのは鉄棒です。石神井の家の庭には、高校生が体育で使うような高鉄棒がありました。私など人に手伝ってもらって支柱をよじ登るのがやっとで、鉄棒にぶら下がったと思うまもなく、力尽きて落ちてしまいます。この鉄棒で父は、大車輪をやってのけるのです。少しうしろに下がってから、思い切り鉄棒に飛びつきます。反動を使って身体を大きく揺らしていきます。揺れ幅が最高点に達したところで、一気に回転に入ります。下から見上げると、大きな空で父が豪快に回っています。ほんとにすごいと思いました。

父には外でもよく遊んでもらいましたが、家の中でも遊んでもらいました。父は外出はめったにしないで、ふだんは家で規則正しい生活を送っていました。朝は早く起き、朝食後は書斎に入って仕事をします。この時はとても集中しているので、大きな声や物音は出せません。昼食後は、軽く昼寝をしてから散歩や読書をします。夜は食後に面白い番組があればテレビを見ますが、なければつけません。そのため時間が沢山あるので、家族でゲームをして遊びます。母も片付けが終わると参加して、五人でよく遊びました。五人くらいがゲームをするのに一番いい人数だと思います。トランプは七並べ、婆抜き、神経衰弱、ダウトなどです。ダイヤモンドゲームにも熱中しました。

正月はもちろん百人一首です。これは本当に白熱しました。私も字が読めないうちから参加して、一枚だけ「おはこ」を教えてもらい、ずっとその札が読まれるのを待つのです。何かの拍子で誰かがその札を取ろうものなら、大変な騒ぎだったようです。とにかく全員が手加減しないで真剣にやるので、余計に面白かったのでしょう。父も取り損なったりすると、畳にひっくり返って残念がります。その時、おでこを叩いてとてもいい音がしました。

なかでも「絵合せ」は特別です。百人一首も夢中でやりましたが、出来るのは正月の一週間くらいで、もっとやりたくても片付けられてしまいます。その点、「絵合せ」は正月だけという決まりはありません。

ルールは単純で、三枚でひとつの絵になる何組かのカードを配り、順番に左隣の人のカードを引きひとつの絵を完成させます。ゲームの終了時点で、一番多く絵を完成した人の勝ちになります。私はそのとき受験生で、しかも浪人中。とてもゲームに夢中になっている場合ではありませんが、あまり勉強ばかりさせると、この子はきっと身体をこわすと判断したのでしょう。禁止令は出ませんでした。

どんなゲームの時でもそうですが、父の作戦はいつもオーソドックスで、あまり人の裏をかくような手は使いません。だから「絵合せ」でも勝率は高くありません。ただ後日、これを題材にそのものずばり「絵合せ」という本を書き、野間文芸賞を頂きました。結果的に、勝者は父と云えるのかも知れません。

ずっと続けられると思っていた「絵合せ」ですが、姉が結婚して人数も減り、盛り上がりにも欠けてきます。そしていつか自然消滅してしまいました。思い出すと懐かしくなります。

父と母は一年間、アメリカに行っていました。ロックフェラー財団の招待で、オハイオ州のガンビアという町に住み、ケニオン大学にかよいます。財団の規則で、子供たちは日本に残ります。

横浜の港で両親を見送りました。別れのテープが飛びかうなか、大きく汽笛を鳴らして、クリーブランド号は太平洋に乗り出します。この船がアメリカに到着するのは、二週間後です。父と母は、本当に遠い国に行ってしまいました。

一番上の姉は小学校四年生、私は幼稚園、末っ子の弟は一歳です。母の実家から祖母が来て留守をみてくれました。そのあいだ、祖母を一番てこずらせたのは、私です。本人にはその記憶も、自覚もないのですが、祖母は私の事ではかなり苦労したようです。まさに寿命を縮めかねない一年でしたが、そんな苦労は物ともせず、祖母は百四歳の天寿を全うしました。ほんとに、よかったです。

旅立つ者にとっても、残された者にとっても、大変なアメリカ行きです。それでも父は決断しました。将来、必ず自分のこやしになると信じたからです。

父は若い時から文学を志し、つねに自分の文学のためになる道を選んできました。そこに迷いはありません。そして尊敬する文学者との交流も、とても大切にしました。

井伏鱒二さんはそんなおひとりです。父はよく、井伏さんが云われた事や、なさった事を、いかにも感心したように話しました。石神井の自宅から荻窪の井伏さんのお宅まで、自転車の荷台に姉を乗せて伺ったそうです。父が井伏さんとお話ししているあいだ、姉は一人でおとなしく遊んでいます。そして同じ道のりを自転車で帰ってくるのです。父にとって、尊敬する作家との貴重なひとときだったのでしょう。

河上徹太郎さんは同じ多摩丘陵に住んでいたので、「隣組」と云って親しくして頂きました。家族で招待されたり、ご夫妻をお招きしたりしていました。柿生のご自宅に伺うと、まず鉄砲をかついだ河上さんのお伴をして、近所の山を歩きます。家に戻ると、炉端で前菜を頂きます。ギネスビールを見たのはこの時が初めてで、その栓は私の宝物でした。

居間に移って、豪華なディナーが始まります。河上さんは、初めのうちは少しこわそうな感じですが、酔いが回ってくると面白くなります。大きく立派な鼻が赤くなる頃、歌が飛び出します。「バッカス、お前の酒樽は……」という歌ですが、「バッカチュ、オミャエノチャカダリュウ……」となってきます。そして父をとろんとした眼でにらんで、何度もこう云います。

「おい潤三、これからも、ずうっといい小説を書くんだぞ。」

父はその度に「そうします。きっとそうします。」と答えます。文学者としての河上さんを、とても尊敬しているのがよくわかります。でも酔ってくると「てっちゃん」と呼びます。私たちもならって「てっちゃん、てっちゃん」と呼びました。

招待された翌日は、家族全員でお礼状を書きます。何かして頂いたら、すぐにお礼状を出す事とよく言われたものです。父は子供に云うだけでなく、自分でもしっかり実践していました。ただその字は年々難解になってきて、読む人はずいぶん苦労したようです。

難解と云っても、字がへただとか、汚いとかいうわけではありません。とても芸術的な字ですが、芸術的で、読みにくいのです。

習字も好きで、ときどき墨をすって書きました。孫が生まれるたびに、色紙に書いてくれます。孫は八人いるので、八枚書いたことになります。桃の花、若草、こいのぼりなど、とても読みやすく書いてあります。芸術的で、しかも読みやすいので、とてもいいです。

父は食べることが大好きで、お酒もよく飲みました。特に汗をたくさんかいて、のどをからからにして、ビールを飲むのが一番の楽しみでした。母は健康を気づかい、散歩の後にお茶などをすすめるのですが、父は言うことを聞きません。結局、午後はほとんど水分を取りません。

そんなことが影響したのでしょうか、六十四歳のとき、脳溢血で倒れました。救急病院に運ばれ、すぐに緊急治療を受けます。その後、容体が安定してリハビリ専門の病院に移ります。ときどき見舞いに行くと、父は熱心に歩行訓練をしていました。そんな努力が実り、発症から一月半で自宅に戻ることが出来ました。
それからは散歩にもますます熱心になり、万歩計を付け、一日二万歩を目標に近所を歩きます。お気に入りのハンチングをかぶり、以前より少しゆっくり歩く父によく出会いました。挨拶をすると手をあげて応えてくれます。

大きな病気をしたのですから、すべてが今までどおりとはいきませんが、生活も以前の規則正しさを取り戻します。

子供はみな結婚して、よそに住むようになり、家の中もずいぶん静かになります。そこに孫やひ孫が登場してきます。父はそんな生活を題材に、ふたたび小説を書きはじめます。食事もお酒も、今までどおり楽しめるようになりました。

父は近所の「益膳」というお店をひいきにして、私たち家族をよく招待してくれました。父は大勢で、にぎやかに食事をするのが大好きです。宴会も終わりころになると、私や弟に何か歌を所望します。それを嬉しそうに聞いたあと、持ってきたハーモニカを取り出します。父は家でもよくハーモニカを吹いていました。父の吹く「カプリ島」はとても上手です。少しもつかえずに吹き終わると、皆で拍手をします。父はとてもうれしそうでした。

父と母はふたりでよく出かけました。散歩はひとりでしますが、後はほとんど一緒です。旅行にも行きました。特に大阪には、年に二回、必ずお墓参りに出かけます。それが晩年の大きな喜びと云っています。先祖をとても大事にしました。宝塚も夫婦そろって大ファンで、父が名付け親になった大浦みずきさんの東京公演は、ふたりで必ず見に行きました。

そういえば、父が脳梗塞を起こしたのも、宝塚を観たあとでした。母は必死で父を支え、夕食を予約してあった馴染みのお店の「くろがね」まで、電車を乗り継いで何とかたどり着きます。そこから近くの救急病院に運ばれたのです。脳溢血で倒れて二十一年が経っていました。

最初が右で、今回は左、さすがに父も、このダブルパンチは応えました。新大久保の救急病院に三ヵ月いて、その後、自宅に近い柿生のリハビリ専門の病院に移ります。そして倒れてから半年後の三月、父は大好きな生田の自宅に戻ってきたのです。

自宅介護の日々がはじまります。訪問介護の方も気持ちの良い人ばかりです。姉は片道二時間半かけて、南足柄からかよってきます。弟も休みのたびに手伝いにきます。少し離れたところに住んでいた私は、庭に建てた別棟に、家族といっしょに移って来ます。そして、どこに行く時もそばにいて、父と共に歩んできた母は、今は一日中ベッドのよこで父を見守っています。

おおぜいの人に囲まれ、父は終日、天井を見つめて過ごします。なにひとつ自由にならない生活ですが、いつも変わらず穏やかで、苛立った素振りさえ見せません。なすべき事をやり通してきた父は、今、ようやく訪れた休息を、ゆったりと、心ゆくまで味わっていたのかも知れません。父の顔を見ていてそんな気がします。

それでも気分転換は必要です。天気の良い日は家族が交代で車椅子に乗せて、お気に入りの散歩コースをまわります。

「時々視線を動かす父の目には、どのような印象の景色が見えているのかな、と思うことがあります」

これは弟の和也が、叔父に出した手紙の一節です。実にうまい表現をするものです。そう云えば、弟も井伏さんの愛読者で、父とはときどき、文学の話をしていました。ふと思い出します。

書斎からは庭がよく見えます。父はそこに訪れる野鳥をながめるのがとても好きでした。ひまわりの種、粟の実、針金で編んだかごには牛脂を、どれも野鳥の大好物です。餌やりも今は私の日課です。水盤にも毎日、新鮮な井戸水を入れます。野鳥はこれまでどおりやって来て、私たちを楽しませてくれます。

そんな小鳥たちも夏は暑さを避け、涼しいところに移動します。そのあいだは餌やりもお休みです。しばらくは庭も淋しくなります。

父が倒れて三年が経ちます。自宅に戻ってからでも二年半になります。いつのまにか時間は過ぎていきます。最初は慣れない介護に戸惑っていた私たちも、随分成長しました。以前なら尻込みしていたような事も、平然とこなせるようになってきます。こんな平穏な日々が、これからもずっと続いていくのかしらん、いつか皆がそう思うようになっていました。

秋も近くなったある朝、私はいつになくにぎやかな鳥の声を聞いて、庭に出ました。木々のあいだを沢山の野鳥が飛びかっています。二十羽、三十羽、それ以上だったかも知れません。私は不思議な気持ちで鳴き声に耳を傾けます。ふと気が付くと庭は、もとの静かな庭に戻っていました。

私は起きると、すぐにとなりの父の家に行きます。そしてひととおり朝の点検をしてから、会社に出かけます。しばらくすると訪問介護の方がみえます。もう少しすると姉が元気にあらわれます。

そんないつもと変わらない朝の事です。母と私の妻が父の身の廻りの世話をしていると、普段と様子が違うのに気付きます。丁度、会社が休みでやって来た弟と確かめると、父はすでに長い旅に出た後でした。日課の散歩に出かけるかのように、住み慣れた山の上の家を父はひとり静かに出ていったのです。

享年八十八。秋の彼岸の朝。庭一杯に小鳥たちが訪ねてくれたのはその翌朝の事でした。

朝、洗面所で電気カミソリの音が聞こえます。時間は午前三時。どうやら私も早起きの習慣だけは、しっかりと父から受け継いだようです。

子供部屋の前をとおるとドアはしっかり閉まっています。まだぐっすり眠っているのでしょう。ふと誘惑にかられ、私はドアの前で立ち止まります。私は迷います。どうしよう、止めておこうか。でも一度くらいはやってみたい。よし、私は心を決めます。

ドンドンドン

「起床、舎前集合五分後。」

37.1.1 夏子

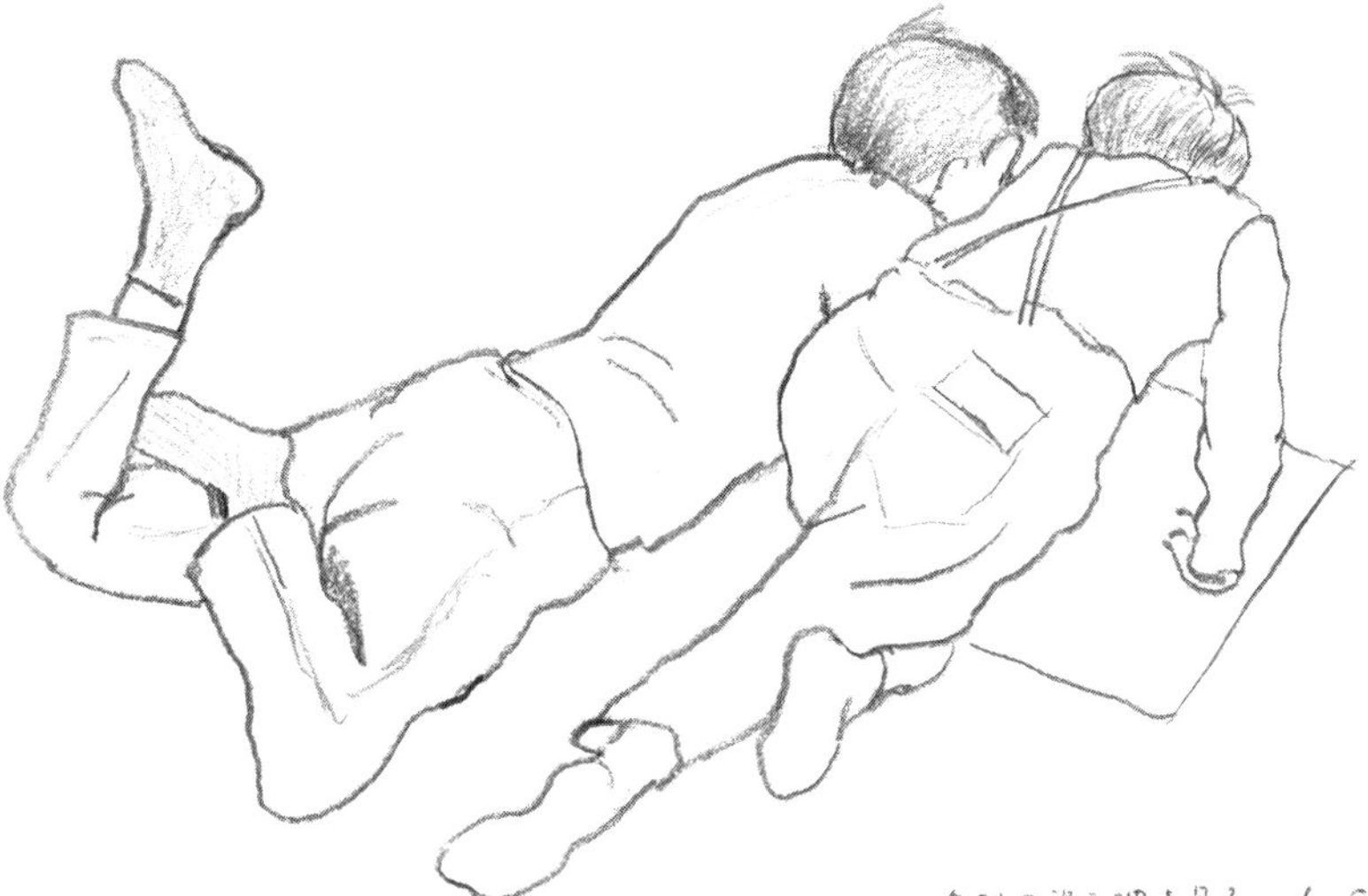

夕刊の漫画欄を見る　八、六

九、一六

九、一六

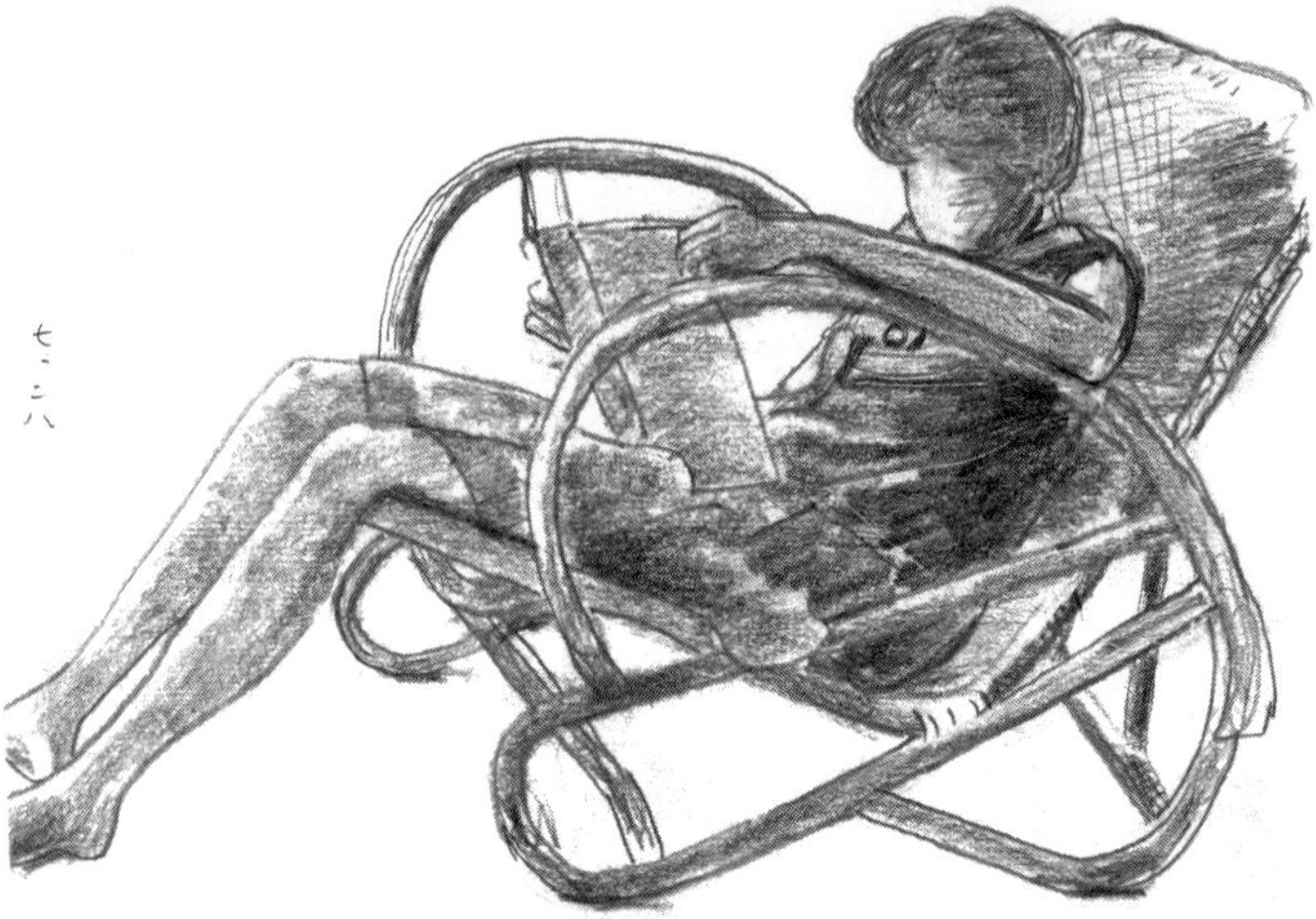

七・二八

1.5　晩御飯を食べる龍也

庄野潤三を読む

「山の上」という理想郷

上坪裕介

庄野潤三が多摩丘陵の山の上に一軒家を建てて、妻と三人の子供たちとともに移り住んだのは昭和三十六年のことだ。大がかりな開発計画の波が迫っていたものの、辺りにはまだ手つかずの豊かな自然が残されていた。駅へ行くにも学校へ通うのにも山のなかの道を行き来し、多くの野生動物や自生する草花にふれながら新しい土地での暮らしをはじめた。

山のてっぺんに建てられた家は、見晴らしがよいかわりに風当たりが強く、引っ越した彼らが最初に行ったのは「風よけの木」を植えることだった。まず椎の木やヒマラヤ杉を植えて風への備えとした。少し気持ちの余裕ができてからは椿や柿、紅葉などおいしい実がなるものや目を楽しませる木を植えていった。高度成長期の急激な発展、拡大、変化の只中にありながらも、彼ら一家はそうした激しい時代の潮流を避けるようにして、ゆっくりと時間をかけて新たな土地に根をおろしていったのだ。幸いにして、宅地造成の工事が周囲の山々を切り崩しにかかるまで二年半ほどの猶予があった。

移住後のこうした経緯が描かれているのが『夕べの雲』だ。この作品は彼らが山の上へ越して三年後の昭和三十九年九月から翌年の一月まで日本経済新聞夕刊に連載された。連載をはじめるにあたって、庄野は「現在の生活」を取り上げて「いま」を書きたいと考えていた。そのため、毎日、原稿用紙に三枚ずつ書いてポストに投函するというスタイルをとった。

生田の山の上へ引越して来てからのことを含めて現在の生活を取り上げてみようと思っている。「いま」を書いてみようと思っている。（中略）その「いま」というのは、いまのいままでそこにあって、たちまち無くなってしまうものである。その、いまそこに在り、いつまでも同じ状態でつづきそうに見えていたものが、次の瞬間にはこの世から無くなってしまっている具合を書いてみたい。（「『夕べの雲』の思い出」《講談社文芸文庫版『夕べの雲』》）

周囲の山々が切り崩されて、昨日まであったはずの林や山道がなくなっていく。そうした生活の実感から出てきた言葉だが、同時に、人間の暮らしは常に消えていく「いま」の連続の上に成り立っているという考えにも基づいている。草花などの自然や土地の景観、人間の生活や命も、常なるものはなく、生まれては消えていくのが我々の生きるこの世界の宿命だが、それゆえにこの世はまた、切なくもいとおしいのだという庄野の価値観の表現でもあるのだ。たとえば彼は作家として駆け出しの頃に次のようなことを書いている。

美しく澄んだ空に今年最初の入道雲がくっきりとそそり立つのを見る時ほど、心おどりのする時はない。太陽の光は強烈であるほどよい。クラクラと眼まいのするような日の中を歩くのが僕は大好きだ。（中略）

僕が夏の頂点であるこの時期を一番愛していたということは、僕をよく知る幾人かの人が覚えていてくれるだろう。だが彼等も亦死んでしまった時には、もう誰も知らないだろう。それを思うと、僕は少し切なくなる。

そして、そのような切なさを、僕は自分の文学によって表現したいと考える。そういう切なさが作品の底を音立てて流れているので読み終ったあとの読者の胸に（生きていることは、やっぱり懐しいことだな！）という感動を与える——そのような小説を、僕は書きたい。（「わが文学の課題」）

二十八歳で書いた文章だが、庄野文学の最大の特徴はこの「切なさ」の表現にある。青年期の純粋な想いが、その後の作家としての仕事を予言していることは驚くべき事実だ。

これだけ早い段階で自身の文学観を確立していた根底には、やはり戦争体験がある。学徒出陣で大学を繰り上げ卒業して軍隊へいった庄野は、戦局が悪化していく戦時下に青春時代を過ごした。兄弟や友人が次々に軍隊へ行くのを見送り、だんだんと自分の番が近づいてくるのを意識しながら学生生活を送った。明日は保証しがたいという実感を持ち、死をいつも身近に感じていた。だからこそ、下宿で友人と語り合ったり、帰省して家族の顔を見たりという何でもない日常の出来事の一つ一つが輝いて見えた。食料が乏しくなってくると、偶然友人が手に入れた粗末な菓子を皆で少しずつ分け合って食べることが幸せだった。そういう状況下で、強烈な太陽の陽ざしを額に受けながら、大好きな夏の空を仰いだとしたら、先ほどのような想いが自然と湧きあがってきても不思議ではない。

「生きていることは、やっぱり懐しいことだな!」という感動を読者の胸に与えたいとあるが、いま生きていること、存在していることが「懐かしい」と感じることは容易ではない。一般にはすでに過ぎ去ってしまったものを見る場合に、人は懐かしいという感情を抱き、切ない気持ちになる。懐かしさとは過去が充たされていたと感じることだ。過ぎ去った出来事が輝いていたと知ることだ。それを「いま」感じるには、未来の視点で現在を見つめる必要がある。すなわち自分の死後の視点から現在を見ることによって、「いま」が充たされていたことを知る。取るに足らないように思えていた日常の小さな出来事がいかにかけがえのないものかということがわかる。庄野は戦時下に青春時代を送ることによってこの視点に気づき、自身の文学として表現したいと考えるようになった。

『夕べの雲』にもこれは活かされており、「いまそこに在り、いつまでも同じ状態でつづきそうに見えていたものが、次の瞬間にはこの世から無くなってしまっている具合を書いてみたい」という一文もここから発している。たとえば次のような場面がある。

日の暮れかかる頃に杉林のある谷間で安雄と正次郎の声が聞えて来る。「もう夕御飯なのにいつまで遊んでいる気だ」と腹を立てながら、大浦は二人を呼びに行く。そんな時、彼はつい立ち止まって、景色に見入った。

「ここにこんな谷間があって、日の暮れかかる頃にいつまでも子供たちが帰らないで、声ばかり聞えて来たことを、先でどんな風に思い出すだろうか」

するとと、彼の眼の前で暗くなりかけてゆく谷間がいったい現実のものなのか、もうこの世には無いものを思い出そうとした時に彼の心に浮ぶ幻の景色なのか、分らなくなるのであった。

そこにひびいている子供の声も、幻の声かも知れなかった。(『夕べの雲』)

日暮れ時に、子供たちの遊ぶ声が谷間に響いている。たったそれだけのことだが、そのどこにでもありそうな日常生活の一場面が切なさを伴って読者の胸に迫ってくる。「――夕暮、どこからか、静かな合唱の声が聞えて来る。そんな感じがある。それは敬虔でつつましい人生讃歌のようでもある」と友人の小沼丹はこの作品を評した。

山の上の一軒家での暮らしの「いま」を題材にした小説は、『夕べの雲』の連載が終わってからも庄野の仕事の中心を占めるようになる。『絵合せ』『明夫と良二』『野鴨』など大半の作品で、そこに暮らす家族の「いま」の物語が切なさの表現として連綿と紡がれていく。子供たちは年月とともに成長し、家族の形はゆっくりと変容していく。『夕べの雲』では高校生だった長女が『絵合せ』では結婚を間近にひかえている。やがて三人の子供たちは順番に家を出ていくが、今度は孫を連れて訪ねてくる。樹木が根を深くおろし、枝葉をひろげていくように家族も増えていき、山の上の家は賑やかになる。

文学の師である詩人の伊東静雄は若い庄野に、「小説というのは（中略）空想の所産でもなく、また理念をあらわしたものでもなく、手のひらで自分からふれさすった人生の断片をずうっと書き綴って行くものなのですね」（『前途』）と語った。彼の影響を強く受けた庄野はのちにこの教えを成熟させて次のように話している。

「私は、自分の肌身で感じたこと以外には信用しないのです。結局、生きることの根本は、具体的な生活の中にあるささいなものの積み重ねにあるわけで、（中略）それ一つだけをとりあげては何でもないことも書くことにより、ある大きな運命をゆっくり進むありさまが描ける」（「戦時下の学生群像『前途』の庄野潤三氏」）

山の上に移住した家族の具体的な生活を、手のひらでふれさするように書くことで、彼らが大きな運命をゆっくりと進むありさまを描いた庄野文学とは、まさに師の教えを一生涯かけて実現したものでもあった。

それは平成二十一年に庄野潤三が八十八歳で亡くなるまで続けられた。「愛撫」で文壇にデビューしたのが二十八歳の頃だから、おおまかに活動期間を六十年とすると、その全期間の実に八割、およそ五十年間をこの生田の山の上を描くことに費やしたことになる。そういう意味で『夕べの雲』は記念碑的な大きな意味を持つ。『貝がらと海の音』からはじまる晩年の連作シリーズはその集大成であり、庄野は自身の文学を最晩年まで深化、成熟させた稀有な作家であった。

庄野潤三というと初期の「愛撫」や「舞踏」、「プールサイド小景」、「静物」など、平穏無事な日常生活の底に潜んでいる危機や不安の影を象徴的に描いたとして評価された作品を思い浮かべる読者も多いだろう。しかし、このようにあらためて振り返ってみると、それらの作品が書かれた時期はほんの十年ほどの短い期間であり、全体を俯瞰してみれば庄野文学の本筋は『夕べの雲』以降の作品群にこそあるとわかる。

庄野は『絵合せ』の「あとがき」でも、『夕べの雲』と同様に自分の小説について「いま、あったかと思うと、もう見えなくなるもの」を書きとめることによって、この世に残しておきたいと思ったと書いている。そこからさらに、「それひとつでは名づけようのない、雑多で取りとめのない事柄」や、「いくらでも取りかえがきくようで、決して取りかえはきかな」いものの集合である「ささやかな日常」に、「詩的空間のふくらみを与えようとした」といっている。

書くことで小説作品としてこの世に残すという以外に、自分の暮らす場所の「いま」を長い年月に渡って見つめ、その「切なさ」を書きつづけることは、「山の上」という詩的空間をつくりあげることでもあったのだ。単なる空間がただ物理的な広がりを意味するだけなのに対して、詩的空間とはこの場合、庄野の美意識のフィルターによって掬い上げられた物事が堆積する場所を意味する。家族と笑い合い、驚いたり喜んだりした小さな記憶の一つ一つが、言葉として紡がれ、蓄積されていく場所。実際の生活と小説とが互いに影響し合いながら、年月をかけて、ただの「家」が「山の上」という詩的空間になっていく。

いまや読者にとってもそこは物語の生まれる特別な場所だ。庄野潤三といえば、生田の山の上、野鳥がやってくる植木溜まりの庭、そこに暮らす家族といったことがすぐさま連想される。庭があり、野鳥がやってくる家は日本中にいくらでもあるが、そこはどこにでもありそうで決して取りかえのきかない唯一無二の場所だ。

そしてその山の上の家と家族の姿には、幸福や生きる喜びといった明るいイメージが彩色をほどこすように重ね描きされている。その読者の抱くイメージこそ、庄野が日常生活の場に与えた詩的なふくらみなのだ。それは次のような創作態度を貫く、作家の芸術上の努力によって創られた。

世の中生きている間には、いやなことやグチをこぼしたくなることも多いが、言っても仕方のないことは言わない。それより、どんな小さなことであれ、喜びの種子になるものを少しでも多く見つけて、それをたたえる。そのことによって生きる喜びを与えられ、元気づけられる。そういう生き方をしたいと思ってやってきました。(「喜びの種子見つけて」)「誰にともなくね、ありがとう、と。うれしい、よかった、と。それ以外の悲観的なことは、口にしないわけです。もう駄目だ、とか、そういうことは一切言わない。たとえ心に浮かんでも、無視するわけです」「世の中には嫌なことがいっぱいある。そうしたことから身を逸らすんです。社会的な事件でもね、嫌だなと思うことは、そりゃいっぱいありますけどね。それは取り上げない。自分の庭に来る鳥のこととか、庭に咲いた花のこととか、自分を喜ばせてくれることだけを書く。そういう姿勢を貫いているんです」（解説 田村文「庭の時間」《講談社文芸文庫版『鳥の水浴び』》）

庄野潤三の書く小説には奇想天外なことや衆目を集めるような事件は起こらない。身辺を見渡せばすぐ近くにいそうな人物が登場し、誰の身にも起こり得る出来事が綴られている。ところが、そこに描かれている人々は、読者の目にはとても幸せそうに映る。ささやかなことに喜びを見いだし、満ち足りた気持ちで日々を暮らしているからだ。彼らは、嫌なことから身を逸らし、生きる喜びを日常生活の細部に探しつづける、その一貫した創作態度によって創られた稀有な人々なのだ。だから「山の上」は、近くにありそうでいて探しても見つからない。近所の角をまがるとあるのではないかと思うのに、本当はどこにもない場所。だがどこからともなく、ほがらかな笑い声や楽しそうな歌声が聞こえてくるような気がして、やっぱり近くにあると思えてしまう。読者は幸福そうな彼らの暮らしと、自分自身の生活を照らし合わせてみて、それほど違いがないことに思いあたる。そういえば似たような幸せが自分の生活にもたくさんあることにあらためて気がつく。そんな親しみやすい、隣の理想郷ともいえるのが、庄野潤三がつくりあげた「山の上」という場所なのだ。

庄野潤三とその周辺

岡崎武志

大阪出身の作家・藤沢桓夫《たけお》は、庄野潤三と親交があり、よき理解者であったが、その文学の特徴についてこう書いている。

「彼の作品を読みはじめると、自分の家の畳の上にやっと横になれたような、ふるさとの草っ原に仰向けにねて空の青さと再び対面したような、不思議な心の安らぎがよみがえって来る(後略)」

最初から懐かしく、温かく迎えてくれて、自然に心が安らいでいく。騒々しい世の中に、新規のテーマと技術を盛り込んで、先へ先へ急ぐ現代文学の中にあって、庄野潤三の作品は、まさしく藤沢が言うような「自分の家の畳の上」に寝転ぶ親しさと安らぎがある。『徒然草』が七百年を経て読み継がれているなら、私は本気で、庄野作品も五百年後、千年後に読まれているはずだと思っている。

庄野潤三は、大正十年(一九二一)二月九日、大阪府東成郡住吉村三五九番地(現・大阪市住吉区帝塚山《てづかやま》東二丁目)に生まれた。父・貞一は大正六年に創立したばかりの帝塚山学院の初代校長を務めた。この生地の「帝塚山」と、父親が学校長であったことは、庄野文学を育む、非常に重要な土壌となる。学研版『現代日本の文学　小島信夫・庄野潤三集』巻頭のモノクログラビア記事「大阪・帝塚山から佐渡へ」を執筆した足立巻一《けんいち》も「庄野潤三さんの人と文学の骨格は、大阪・帝塚山でできあがったといっていいだろう」と書く。

生年の大正十年は、のちに文学的グループを組むことになる「第三の新人」で言えば、一九二〇年生まれの近藤啓太郎、安岡章太郎、阿川弘之がほぼ同年、小島信夫（一九一五）、島尾敏雄（一九一七）、小沼丹（一九一八）が少し上、遠藤周作（一九二三）、吉行淳之介（一九二四）が少し下であった。しかし、旧制の学校体験、召集を受け、戦後の混乱期に遅い青春を送ったことなど共通点は多く、歳の差は関係なく、敬称ぬきで呼び合う仲であった。

庄野潤三と作品の土壌となった帝塚山だが、大阪府の中心（へそ）を大阪城とすれば、その南側にある心斎橋、難波、天王寺の繁華街よりさらに南に位置する。五世紀頃の前方後円墳「手塚山」がある由緒正しい土地で、近代に高級住宅地となった。幼稚園から四年制大学まで揃った総合学園である「帝塚山学院」を城に頂く城下町、学園都市である。東京で言えば、成城学園、国立に雰囲気は似ているか。私も庄野潤三の下の弟・至さんの案内で、同地を歩いたことがある。戦災を受けなかったこともあり、低層の屋敷が続く閑静な町だった。

庄野家は長兄・鷗一、次兄・英二（児童文学者）、三男・潤三、五男・至に、姉・滋子、妹・渥子という構成（四男・四郎は疫痢で早世）で、すぐれた教育者の父のもと、慎ましく厳粛ながら家族愛にあふれた一家であった。食事をする部屋には、父・貞一が「家訓」として、「神仏を尊び祖先を敬うべし」「兄弟仲よくすべし」「清潔整頓を心得べし」「他人に迷惑をかけること勿《なか》れ」など十箇条あまりが掲げられていたという。潤三はそんな恵まれた環境の中で、父母の慈愛を受け、兄を敬愛しながら素直にすくすくと育って行った。

幼稚園から小学校と、当然ながら帝塚山学院へ通う。中学からは旧制の住吉中学へ進学。ここで国語教師・伊東静雄（一九〇六〜五三年）と出会う。庄野の人生に決定的な影響を与えた人物であった。伊東は長崎県諫早市出身の詩人。京都帝大を卒業後、大阪の旧制中学で国語教師を務めながら詩作。処女詩集『わがひとに与ふる哀歌』は評判となり、萩原朔太郎をして「日本にまだ一人、詩人が残っていた」と言わしめた。

住吉中学勤務時代に、教え子庄野潤三との出会いがあった。しかし、この時は国語教師と生徒という関係に留まる。伊東が詩人であることは知っていたが、ちゃんと読んだのは庄野が大阪外語大の学生だった時、河出書房から全三巻で出た『現代詩集』に、伊東の詩を見つける。「むずかしいのもあったが、すうっと胸にはいってくる」感触を得る。ちょうどそのあと、電車の中で伊東と久しぶりの遭遇があって、家へ訪ねて行くようになった。

庄野はそれまで文学青年というよりスポーツマンタイプで、外語大一年の頃、ようやくチャールズ・ラムなどイギリスのエッセイに親しみ始めていた。二年になって井伏鱒二、内田百閒、俳句に関心を持ち、ようやく文学に感化されるようになる。機が熟した頃の伊東との再会で、これ以上ない最良の師を得たわけである。

純綿のように真っ白で、どんどん吸収する教え子に、伊東は惜しげもなく文学の富を与え指導した。詩を書いていた庄野に、散文（小説）を勧めたのも伊東であった。
「あなたはやっぱり詩よりも散文のほうに向いている。激しいものはなくともいいから、（中略）おだやかで、平明で、深いものを現わすそういう文学もあるのだから」、そっちを目指す方がいいと諭した。そして後に「おっとりした小説書いたらいいな」として、小説とは「手のひらで自分からふれさすった人生の断片をずうっと書き綴って行くもの」だと教えた。庄野が遺した作品群を見る時、いかに師の教えを忠実に守り、大成していったかがわかる。

九州帝国大学に入学したのは一九四二年四月、二十一歳になっていた。法文学部で東洋史を専攻。庄野が入学した時、東洋史は三学年あわせて学生は六人というような和気あいあいとした家庭的雰囲気で、一年上に島尾敏雄がいた。島尾は一九四〇年に九州帝大に入学しているが、最初は文学部経済科に身を置き、翌年再受験して東洋史へ移っていた。伊東との再会といい、庄野は人と人の結びつきにおいて強運を持っている。

庄野は島尾と下宿が近くなったのを機に、ひんぱんに顔を合わせ、つき合いが深くなって行く。二人は資質はまるで違っていたが、庄野が大阪、島尾が神戸と関西出身者であったこと、佐藤春夫、木山捷平など文学の好みが一致していた。この文学的蜜月の日々は、日記をもとに書かれた長編『前途』（一九六八年）にくわしい。のち、島尾は自身の過失を妻に責め立てられる地獄を『死の棘』に書き、「私小説の極北」と称された。庄野は平明な家庭を重んじる家族小説を描き続け、いわば「私小説の極南」に位置したが、二人の友情は終生変わらなかった。戦後、つき合いが生まれた作家・藤沢桓夫は、「彼の口から『島尾が』という言葉がしばしば出たのを思い出すのである」と回想している。

一九四三年、戦火は激しくなり、学生でも戦地へ送り出される時が来る。庄野は十一月に徴兵検査を受け甲種合格。大学はまだ一年残っていたが繰り上げで翌四四年十月付けで卒業した。四三年十二月、広島県大竹海兵団に入団するが、その直前に書きあげたのが、初めて活字となった小説「雪・ほたる」だった。島尾の入隊が決まり、それを見送る心情を綴った作品だった。師の伊東は「読んでいて切ない気持になった」とこれを褒めた。伊東の紹介で、同作は「まほろば」という同人雑誌（四四年三月号）に掲載される。この同じ号に小説を発表した作家が三島由紀夫。東京で「まほろば」同人の会合があった時、庄野は三島に会っている。三島は庄野に「雪・ほたる」を朗読してくれとせがんだが、これを断ったという。その後、進む道の違いを考えると、不思議な邂逅であった。

そして、いよいよ終戦。庄野は復員後、大阪府旧制今宮中学で歴史の教師となる。この時野球部の部長を務め、一九四七年春の全国選抜中等学校野球大会（のちの選抜高校野球大会）に、大阪代表として天王寺中学とともに出場している。一回戦で敗退したものの、日本文学史上、いわゆる「甲子園の土」を指導者として踏んだ文学者は、庄野潤三だけではないか。

庄野は一九四八年に、新制となった今宮高校から大阪市立南高校に転勤。この間、「文学雑誌」「光耀」「午前」ほかに習作と言える作品を発表し続けていた。しかし、この時点で、アマチュア作家に過ぎない。転機は一九四九年四月、京都の雑誌「新文学」に「愛撫」が掲載され、これが七月「群像」の「創作合評」で取り上げられた。地方のアマチュア作家に光が当たった瞬間であった。「新文学」への掲載は、島尾敏雄の肝いりによる。島尾は「単独旅行者」が好評で、野間宏、梅崎春生らと共に、戦後派作家の一員として注目されていた。島尾は、庄野の小説を世に出したいと考え、手紙で原稿を依頼したのだ。

「群像」で取り上げられたことで、同誌編集者の有木勉から「作品を見せてほしい」と言われ、二十枚ほどの「舞踏」を書いた。まだ無名の新人作家。掲載されるか不明だ。しかし有木から庄野の元へ電報が届いた。そこには「ブトウニガツゴウケイサイアトフミアリキ」とあった。漢字仮名交じりに翻訳すれば「『舞踏』は二月号に掲載が決定、後文（それ以上詳しいことは追って手紙で）有木」となる。東京の大手文芸誌に作品が採用されるのはこれが初めて。「飛び上って」喜んだと庄野は書く。この「群像」二月号の「舞踏」は、再び同誌「創作合評」に取り上げられ、好評であった。続いて一九五〇年「群像」八月号に「スラヴの子守唄」、十月号「人間」に「メリイ・ゴオ・ランド」と、続けさまに東京発の雑誌に作品が掲載された。

一九五一年九月には、教職を捨て、開局前の大阪の民間放送局「朝日放送」に入社。教養番組制作を担当する。大阪・肥後橋にあった朝日ビル九階の「放送部」の部屋で、同じ頃入社した阪田寛夫と机を並べる。教養番組を担当する放送部「学芸課」は少人数で、持ち回りで仕事をこなす。自然に庄野と阪田は仲良くなった。また庄野は、阪田にとって小、中と帝塚山学院での先輩でもあった。当時の庄野の仕事ぶりを「かっぷくのいい庄野さんは真白なワイシャツの袖を少したくし上げ、渋いネクタイをきちんと締めて、書き物に没頭していた」と阪田は見ていた。庄野と同じ方向に家があった阪田は、退社後、よく土佐堀沿いを一緒に歩き、ときに、途中下車をして酒を酌み交わした。ミニ庄野潤三というべき阪田寛夫は、庄野の後を追い退社、上京し、作家生活に入る。庄野潤三全集巻末に独力で書いた『庄野潤三ノート』は、いまだ庄野文学を知る文献の筆頭に挙がる。

この朝日放送「学芸課」時代に、四百字七枚の「掌小説」を始め、放送原稿を多くの作家に依頼している。吉行淳之介、安岡章太郎、島尾敏雄という文学仲間ほか、庄野の好みである木山捷平、十和田操、小山清など地味な非流行作家も起用し、経済的に助けたのである。吉行は「掌小説」以外にも「恋愛作法」と題した、婦人向けのエッセイを週一で書いた。「(庄野は)朝日放送の有能なプロデューサーであって、金に困るとラジオの短かい原稿を書かしてくれてずいぶん恩恵をこうむった」と告白している。一九五三年に肺結核のため千葉県佐原市で療養所生活を送っていた吉行にとっては、特にそうだった。年譜にも「ABC放送（注／朝日放送のこと）のラジオ原稿を書いて、生計を立てた」とある。

東京の作家仲間のうち、庄野が最初に知り合い親しくしたのが吉行だった。用事があって上京するたび、庄野から吉行の勤め先に電話があり、落ち合って酒を飲んだ。一九五二年の晩春、やはり庄野が吉行と神保町のおでん屋で飲んでいると、これから同人誌「現在」の集まり「現在の会」に出席予定だが、気が進まぬと言う。そこで吉行を誘った。出向いてみると「現代の会」は、当時有力な新進作家が集まっていたが、左翼的な立場を鮮明とし、「生真面目」な空気が支配していた。吉行はこれに反発。同様に、この会に後味の悪さを感じたメンバーが、市ケ谷にあった吉行の六畳一間の部屋へ流れてマムシ酒を飲み交すことになった。島尾敏雄、阿川弘之、三浦朱門、庄野潤三と、後に「第三の新人」と呼ばれる面々だった。

一九五三年一月、「近代文学」に発表した「喪服」、四月に「文藝」に発表した「恋文」が、その年の七月、上半期の芥川賞候補となる。前年に上京した島尾を始め、同世代の仲間の作家はみな東京にいた。主力文芸誌の版元も東京にある。庄野は「機は熟した」と感じた。上京を決心し、朝日放送は辞める覚悟でいたが、学芸課長の吉田三七雄が、東京支社への転勤というかたちで計らってくれた。ありがたかった。

同年九月、家族を連れて庄野は東京駅に降り立つ。吉行、安岡、島尾など仲間が出迎えてくれた。吉行の世話で、その夜は九段上の旅館に泊まり、翌日、練馬区南田中町(現・南田中四五三番地の新居へ移った。最寄り駅は西武池袋線「石神井公園」。ここら一帯、江戸期に開墾された水田で、庄野が移り住んだ時、人家もまばらであった。一九七〇年代まで、近所に牧場があったほどである。福岡時代からの同人誌仲間の真鍋呉夫が、近所に安い土地があるからと紹介してくれた約九十坪に、家を建てた。前は麦畑、すぐ脇にバス通りはあったが、めったに車の通わない道だった。今でこそ、家が建て込んだ住宅地であるが、当時は辺鄙な場所に腰を落ち着けた心根を、安岡は「十九世紀前半のアメリカ人が、幌馬車にのって西部のフロンティアに移住してくるぐらいの勇気と決断とを要した模様である」と書いている。

ここでの生活は長編家庭小説『ザボンの花』(一九五六年)に結実する。しかし五年後、周辺に家が建ち始め、目の前の道をオートバイや車が行き交い騒々しくなると、神奈川県川崎市生田の丘陵地の上へ移転していく。これもまた「フロンティアに移住」する精神であろうか。

練馬へ越した一九五三年の十二月、初めての著書『愛撫』が新潮社より出る。翌年は、朝日放送東京支社に通勤しながら、文芸誌に「噴水」「臙脂」「流木」「黒い牧師」「桃李」「団欒」「結婚」と次々に発表、多産の年となる。そして、ついに十二月「プールサイド小景」が「群像」に掲載された。同作により、翌年、第三十二回芥川賞を小島信夫「アメリカン・スクール」とともに受賞する。すでに同賞を受賞していた吉行、安岡に並び、遠藤周作、近藤啓太郎と、一九五〇年代半ばに仲間が次々と芥川賞を受賞し、彼ら一群を「第三の新人」と呼ぶようになった。これは、第一次、第二次戦後派に続く第三勢力という意味合いがあった。同時に、「三等列車」「三等重役」と言われるごとき蔑視も含んでいた。吉行によれば、一九五七年頃の「第三の新人」は「悪評紛々たるものがあった」。同年、庄野はロックフェラー財団の招きによりアメリカ・オハイオ州の小さな町ガンビアに夫婦で留学（五八年八月帰国）する。「悪評紛々」から遠ざかったことになるが、安岡が寄越した手紙には「第三艦隊ハ沈没シカカッテイル」と書かれてあった。

また練馬時代、杉並区清水町にいた井伏鱒二宅をたびたび訪ねるようになる。長く敬愛していた作家と近付けるのも上京の恩恵であった。井伏には、古備前の水甕購入の斡旋を頼んだり、生田で家を新築する際に井伏邸の設計者に依頼するなど、敬意を払いつつ懐に飛び込んで行った。井伏は庄野のことを「身辺にあるものは些細なものまで生かして行く生きかたをしている人だ。（中略）生かしているとは、詩にしているという意味である。たまたま展覧会で古備前を見ても、さっとその魅力を感得する。詩魂の問題ではないかと思う」と評した。周辺にいた人たちによる庄野評を読むと、どれも過たず真髄を突いて貫いているのには驚くばかりだ。「庄野君ほど、己れを信ずること篤き人を私は知らない。自信、などと言った生易しいことではないのだ。何百年という樹齢の大木が、ちっとやそっとの風ぐらいでは身ゆるぎさえしないさまに、さも似たりである」（伊馬春部《いまはるべ》）などもその好例。

この井伏の元を訪れた弟子筋に、同じ「第三の新人」仲間だった小沼丹がいる。庄野文学のもっともよき理解者の一人で、講談社文庫版『夕べの雲』の解説は情理兼ね備えた名文である。庄野文学への入口として、私などはこれにもっとも強い影響を受けた。小沼は長く、早稲田大学文学部で教壇に立っていたが、授業が終わると、よく庄野と待ち合わせて酒を飲んだようだ。一九六五年十一月「群像」に発表された短編「秋風と二人の男」は、蓬田（庄野）が妻手作りの巻寿司を手土産に、二年前に妻を喪った友人の芝原（小沼）と、ビア・レストランで待ち合わせ、語り合う話。何もない、何も起こらないと言えばそれだけの、きわめて素っ気ない内容ながら、深々と冷え込む夜に熱燗の日本酒を口に含んだ時のような、なんとも言えない暖かみ、味わいがある。「友」をテーマにアンソロジーを作るなら、ぜひとも収録したい作品だ。

庄野はアメリカ留学を書き下ろしで『ガンビア滞在記』（一九五九年）にまとめたが、そこにこう書いている。「考えてみると私たちはみなこの世の中に滞在しているわけである。自分の書くものも願わくばいつも滞在記のようなものでありたい」。みな、この世に偶然居合わせた（滞在）だけの存在としたら、だからこそ、互いのつかのまの関係を大切にしたい。庄野文学の根っこはそこにある。

「午前」五・六月号収録（昭和二三年六月発行）

青葉の笛

単行本未収録作品

（二）

副長は何時になく機嫌のいい口調で、しかし例の不敵な眼光を折々チラリと一同の上に走らせながら、次のように話し始めた。

「諸君は諸学校に於て夫々《それぞれ》専門の術科を学んで来た。その間戦況は我に利あらず、敵は遂に比島に上陸した。血気旺《さかん》なる諸君は出陣の日を待ち兼ね、髀肉の嘆を禁じ得なかったことであろう。昨年の暮、首尾よく任官した諸君は、多数の中から特に選ばれて南方激戦の地に配置を与えられ、天日を既倒に回すべく、満々たる闘志に燃えてこの佐世保の地に集結した。然《しか》るに海上輸送の情況は敵の比島突入によって愈々《いよいよ》悪化し、新進気鋭の諸君らを直ちに南方地域に送ることが殆《ほとん》ど不可能な状態に立ち到ったのである。之は帝国海軍に取ってまさしく大きな傷手《いたで》と云わねばならない。眼前に比島の決戦が展開せられんとするのを見ながら之に赴くべくして赴くことを得ない諸君の胸中はまことに察するに余りがある。数日前にも諸君の中の数名の者が副長に面会を求めた。会ってその云うところを聞いてみると、われわれはもう三週間も何ら指令を与えられることなく無為徒食している。自分らはこんな状態にはもう我慢が出来ない。どうか自分らに喜んで死ねる配置を速刻与えてくれるよう海軍大臣に申請して頂きたいと云うのである。副長は予備士官の中にこのような覇気を持つ者を発見したことを諸君らのために喜ぶと共に彼等の純な気持に心を動かされた。この数名の者の気持は然しながら多かれ少かれここにいる七十数名のすべての者が抱いているものであると信ずる。諸君は今直ちに南方の作戦に参加することは出来ないが、諸君の活躍すべき舞台はまだまだ他にある。然し諸君を待つこと南方より更に急なる任務があるということを諸君は知らなければならない。」

ここで副長はちょっと息を切って、一同の顔を一わたりじろりと見渡すと、やや声を改めて言った。

「諸君に聞くが、偽りのないところを答えて貰いたい。今日此の場に於て肉体的及び精神的に死ぬ用意の出来ている者は手を挙げろ。」

一斉にサッと手が上った。千野は遅るところなく手を挙げた。

副長は全部手が上ったのを見ると、一種凄味のある（と千野には思えた）微笑を浮べて

「よし、全員死ぬ用意があるんだな。いやよく分った。解散。」

と言うと、先任者の号令による千野等の敬礼に対してゆっくりと一人一人の顔に眼を移しながら答礼した。そして壇を降りてサッサと帰って行った。千野等は「左向け左」をして、駈足で練兵場を横切って居室へ帰った。

一棟の小さな兵舎の二階が千野らの宿舎になっていた。階段を上って右側の室にベッドを入れて寝室とし、左側の室には細長いテーブルと椅子を列《なら》べて食堂にしてある。之は臨時に千野等を入れるために用意されたもので、士官四次室と呼ばれていた。食堂には十人ばかりの従兵がいて主として食事の世話をしていた。殆どがまだ子供子供した志願兵であった。寝室には上下二段になったベッドがぎっしり詰まっていた。

千野のベッドは階段に近い入口から入った壁際にある一台で、彼は下の方に寝ていた。上には千野と同じ配置の南比航空隊附となって一緒に行く筈であったKという少尉候補生がいた。ベッドの柱には軍刀と短剣がぶら下げてあった。横の壁には外套と雨着と軍帽を掛けてあった。そして他の一切の携行品はトランクに入れてベッドの下に押し込んであった。

部屋へ戻って来た千野は三種軍装の上着を脱いでそのまま毛布の上に寝転んだ。そして眼をつぶった。

（最初から変にニコニコして話し出すからどうもおかしいぞと思っていた。俺達の身の振り方についてどうやら或る種の方向が決りかけたに違いない。そしてあの副長が人事局に対して重要な進言を為したということは想像出来る。兎《と》に角《かく》副長は予備士官というものをまるで認めていない。（予備士官の中にこのような覇気を持った者を発見したことを諸君らのために喜ぶ……）という調子なのだ。最後に奇怪な微笑を口辺に残したまま一人一人ゆっくり顔を眺め渡した時の芝居気たっぷりなやり口はどうだろう。おれ達を嘗め切っているのじゃないだろうか。どうして海軍の正統は予備士官に対して冷たくよそよそしく対するのだろう。暖か味がない。俺の胸にジカに触れて来ない。正統も傍系もない。そんなことを言ってる時ではない。戦争に負けかかっているではないか。

今日の話だって何だか自然でない。腹の中に何か有るようで、スッとこちらの胸に入って来ない。俺は勿論即座に手を挙げた。然し俺の胸には何の感動もない。反対に何やらお芝居にかけられているような快くない後味が残っている。）

すると千野の頭にはまた別の人物が浮び上った。それは五六日前に四次室の予備少尉と候補生を朝礼台前に集めて怒鳴りつけた海兵出の中尉である。その中尉はこう云った。

「お前達今度来た四次室の少尉及び少尉候補生はガンルームでどんな評判をされているか知っているのか。この佐世保へ来るなり放任されてあるのをいいことにして毎日毎日外出しては町中至るところに溢れている。何処へ行ってもお前達の姿の見えないところはない位だ。軍刀をぶら下げて何処でも構わず入ってゆく。お前達が来てから佐世保の町にインフレを起してしまった。お前達が金をまき散らすからだ。然も礼儀をわきまえざることは驚くべきほどだ。水交社へ行っても食堂はお前達が占領してしまって佐官級の人が呆れて見て居られる。廊下を通る時には上級の士官を追い越して平気でいる。何だあのざまは。心ある者はお前達の傍若無人の態度を見て泣いて居る。之が伝統を誇る帝国海軍の青年士官であるか。海軍士官の面目はもはやお前達の何処を探しても見当らない。お前達は帝国海軍の伝統の破壊者である。士官の服を着た偽物である。恥さらしである。俺は海兵出だからどう、予備学生出だからどうというような、ケチな根性は持っていない。俺はお前達が海軍を志願して入って来たからにはお前達を弟分と思っている。お前達を弟分と思えばこそ怒鳴りつけるのだ。共に海軍を背負って立つべき青年士官だと思えばこそ、腹が立つのだ。お前達の猛省を促す。」

中尉は歯をむき出して怒鳴った。そしてこっぴどくやっつけた。然しあの時は何故だか千野は気持がよかった。中尉の言ったような事実が果してそのまま行われていたかどうかということについては多少の疑問を感じたが、それにも拘《かか》わらず中尉の言葉は素直に千野の心に飛び込んだ。恥しいと本当に思った。あの怒声には愛情があった。あれから後に千野は水交社の食堂の一隅であの時叱った中尉がお銚子を二本前に置いて一人きりで夕食をしているのを見かけたことがある。その時千野はひとりで笑いがこみ上げて来て、彼のテーブルへ近づいて行って、何か言葉をかけたいような気持に襲われたのであった。

と、その時、K候補生が入って来た。

「千野少尉、御免なさい。」

と声を掛けて、上のベッドに上った。そしてミシミシと寝台をきしませていたが、直ぐ横になったらしく、下の千野に話し掛けて来た。

「副長の話が波紋をまき起しましたね。四次室があまり遊び廻るもんだから、副長が腹を立ててこんなのは斬込隊《きりこみ》にしてしまえばいいと海軍省に云ってやったとか、いやこんなグウタラは斬込隊にも使えないから何かもっと別の、じっとしていてもやれるような仕事——たとえば人間魚雷のようなものに使うことを今しきりに工夫しているところだとか、いやああ云って一寸皆の胆をひやっとさせてみて後でニヤニヤ笑って喜んでいるんだとか、みんないろいろ勝手なことばかり噂していますよ。」

「ほう。」

「手を挙げなかった者も少しいたらしいですね。」

「そうかい。」

千野が話に乗って来ないので、Kはそれきり黙ってしまった。人間魚雷と云う言葉が千野をギクッとさせた。そして、今迄何の感じもなかったその文字が、Kの口から聞いた瞬間から千野の心の中で一種の異様な感じを持つようになった。

（二）

この日夕方、千野は約束通り六時に水交社の休憩室で西岡と会った。千野と西岡との交友は二人が海軍に入ってから始まった。武山の予備学生隊にいた時であった。千野とは大学で同じ史学科にいて彼より三月先に海軍予備学生となった鳥尾から、「こをろ」の西岡がいるから会って話してみてくれという葉書を寄越したのがきっかけとなった。鳥尾と西岡とは「こをろ」を創刊した当時からの——それはもう五年前になるが——同人であった。

西岡の名は、千野も以前から知っていた。彼の「こをろ」に載った「友達」という小説を読んだことがあった。然し未だ一度も会ったことはなかった。で、早速その葉書を受取った日の夕方、千野は鳥尾が書き添えてあった分隊を尋ねて彼に会いに行った。その時、彼は翌日の外出のためにひげをそりに洗面所へ行って留守だったので、千野は外の煙草盆で待っていた。しばらくして窓のところから西岡は顔を出して、誰だあ、と呼んだ。千野が手を挙げてちょっと合図をすると、西岡はすぐに出て来た。彼は少しびっこを曳いていた。

鳥尾の葉書を見て来たということを話すと、西岡は自分にも昨日、千野に会ってくれという葉書が来たところであったと云った。二人とも偶数分隊に属していたから、外出日が同じになっていた。次の日に一緒に出ようという約束がその時に出来上った。

翌日、四月の末の日曜日に二人は隊門のすぐ近くの茶屋の店先で待合せて、近くの山へ入った。六甲の辺にあるような小さな池を見下す雑木林で美しい若葉を眺めながら弁当を開いた。久しぶりの文学談の後で、二人とも雑嚢《ざつのう》を枕にしてうたた寝した。眼が覚めると空が暗くなって、雷が鳴り出し風が不意に吹き出したが、ほんの少しパラパラと降っただけで狐の嫁入りに終った。

それからも外出の時には一緒に出ようと約束しながら、不思議に喰い違いばかり続いて、武山にいる間には到頭機会に恵まれなかった。ところが、その年の七月に夫々の術科学校が決定した時、千野も西岡も偶然館山の砲術学校へ行くことになった。

館山では分隊により班によってそのクラブが指定されていたから、二人は一緒にはなれなかったが、一度クラブへ行く途中、海岸へ下りて雨に濡れた岩陰に身を寄せて、二人で弁当を食べたことがある。その時、千野は友人のやっている冊子に載っていた鳥尾の詩を西岡に見せた。それは「出陣」というのと「月下の別れ」という題で、鳥尾とその戦友らが長崎県の川棚にあった臨時魚雷艇訓練所を卒業して、勇ましく出発する折の情景を歌った清純な感じのするものであった。その詩には千野も西岡も感心した。

その年の十二月、砲術学校を卒業する三日前に各人の配置が発表された。千野は南比島航空隊に、西岡は佐世保警備隊に決った。二人は愈々、外地と内地とに分れることになったのであった。西岡は航空便を待っている千野らよりも五日早く学校を発って行った。千野はもう一度西岡と会おうとはその時夢にも思わなかった。

航空便を取ることが出来なくて大多数の南方行の戦友と共に佐世保へ来た時、千野は西岡がその地の警備隊にいることは全く忘れてしまっていた。千野らが愈々明日輸送船に乗り込むという日の朝になって、乗船中止、佐世保にて待機せよの電報が来たのであった。どうやら、台湾へまで行くことも殆ど不可能だという様子から、当然配置の変更ということが考えられるようになった。集結していた千野らは恐らく内地の何処かに送置を定められて、戦況の好転を待つより他はなかった。千野が西岡のことを思い出して、警備隊附の同期の少尉に彼の名を尋ねてみたのは、つい三日前のことであった。

西岡の居所はすぐ分った。彼は佐世保海兵団の中の宿舎に寝起きしていた。そしてそこで毎日講習を受けていた。近く夫々佐世保周辺の防空砲台に振り当てられることになっているということであった。千野は西岡の顔を知っているというその少尉に、水交社で会おうという名刺をことづけたのであった。

その晩、千野は西岡と水交社で食事をしてから、西岡が前に一度行ったことのある料理屋へ行った。どの部屋も塞っていますのでとおかみが云うのを西岡が頼む頼むと強引に押し切って、結局廊下をぐるぐる廻って奥の方の一室に通った。寒々とした部屋で、壁に乱暴な筆で鉄鯨と大きく楽書をしてあった。潜水艦乗りが悪戯《いたずら》したものであろう。千野はこの町へ来た始めに一晩誘われて山手にある家に行っただけで、その後は気が向かないままに足を運ぶことがなかった。千野が出て来ると水交社でビールを飲んで泊って、朝早く帰るのがお決りのコースであった。無論いつでも一人であった。部屋は大抵どの部屋も二人が受員になっているので、水交社へ泊る毎に千野はいつも見知らぬ士官と相宿するのであった。それには始め顔を合わした時に、宜しくお願いしますという型通りの挨拶をするだけで、他は何らの交渉なしに済ますことが出来た。馴れてみればその佗しさにも捨て難い味があったのである。

部屋の中は底冷えがして、千野と西岡とは外套を肩から引っ被ったなり、女中の持って来た火鉢の乏しい火に手を暖めていた。酒が運ばれ簡単なさかなが三皿ばかり運ばれた。芸者が二人来たが、二人共、一向に話に乗らず時々水ばなを啜ったりして、ただつがれるままに盃を空けた。僅かのさかなも忽《たちま》ちに食べてしまった。それでも一人の方の割方声のいい若い妓は、千野が求めるとその頃流行っていたラバウル航空隊の歌というのを何度でも繰り返して歌った。千野はその歌の文句を覚えようとして、ついて歌った。西岡もお愛想に炭坑ぶしを歌ったりした。然し、そのうちにうどんが出るとそれをさっさと食べて、引き上げることにした。

まだ時間は早かったが、水交社へ行くともう何処も空いている室がないというのであった。西岡は、よし俺が何とかしてみる、と云って、千野を引っ張って旧館の方へ行った。そこは下宿になっていて、佐世保附近に勤務している士官が部屋を借りていた。西岡の武山にいた時同じ分隊にいて親しかった者がここに一室借りていたので、西岡もその友達が出て来ない日によく泊めて貰うのだそうであった。その旧館の世話をしている中年の婦人が気の優しい人で、そこに来る若い士官たちに小母さん小母さんと云って親しまれていた。

西岡はおばさんの部屋へ行って今晩二人泊めてくれというと、直ぐ話がついた。そして二人がその西岡の友人の部屋に入って寝ころんで煙草を吸っていると、火鉢とお茶をすぐに持って来てくれた。時々餅を焼いて持って来てくれることもあるんだと西岡が云った。敷いて貰った寝具の上に腹這いになって話していると、学生のときの下宿とそっくりそのままで千野は初めて落ち着いた気分になれた。小さな勉強机が窓の方の障子にくっつけて床の間に寄せて置いてあった。柱の釘には手拭いが掛けてあり、床の間には石鹸箱やら歯揚子のケースが雑誌の上に載っていた。あたりはしんと静まり返っていた。時折廊下をスリッパの音をパタパタさせながら歩いて行くのと、階段をきしませながら上り降りする足音とが聞えるだけであった。

千野は毎日相の浦にある海兵団から水交社まで出て来る途中、北佐世保の駅で汽車を降りて五六丁来たところの一軒の古本屋へ寄るのをきまりとしていた。その小さな店で千野は何冊かの本を見つけて、順番に読んで行った。この次には世界文学全集の仏蘭西近代劇集を読むつもりにしていた。千野はその中のシラノ・ド・ベルジュラックを読みたかったのである。シラノの話は小さい時から耳に親しかったけれども、未だ一度も読んだことがなかった。そのことを仏文学科にいた西岡に話すと、彼は言下にそれを読むことを勧めてからこう云った。

「シラノ・ド・ベルジュラックをまだ読んでいなかったというのは手ぬかりだったな。エドモン・ロスタンが近代文学の伊達なところを尽《ことごと》く一身に備えた人物を作り出したんだよ。辰野先生の（心意気）の持主なんだ、文句なしに面白い。面白いと云ったら、読み出してから最後まで手を放せないのだ。心憎いほど完璧だね。最後にシラノの有名なせりふがあるんだ。息を引き取る直前にロクサーヌに向って私の恋しいロクサーヌよ、私はお前を愛してはいなかった、だったかな、私のいとしいロクサーヌよ、だったかな。剣にかけては当代随一、然も稀代の詩人なんだ。沢山の相手を向うに廻して立廻りをやるのに即興の詩に合せて、唄の返しにグサリと行こうぞ、という風に一人一人料理してゆくんだ。何しろ興味津々たるものだ。まあ読んでごらん。きっとシラノに惚れてしまうから。」

西岡が口を極めて賞める様子がまた実に楽し気に見えたので、千野は明日はあいつを買おうと決心した。又彼は或る日本の若い作家の名を挙げて、あれなんか云って見れば結局は一生懸命シラノの真似を文学の上でやろうとしているのだよと云ったが、西岡自身にも何処やらエドモン・ロスタン好みのところがあるように千野に思えた。顔は浅黒いが鼻筋の通ったきりっとした細面の好男子で、ちょっと目には無愛想で取っつきが悪そうだがよし俺に任せろ、何とかやってみる。という男伊達と、ひとを外《そ》らさぬ優しくて賢明な心配りとは、彼を好ましく頼み甲斐のある人物にしていた。女には好かれそうだと、彼を見る度に千野は思った。

火鉢の火も小さくなって来たので、二人は一つしかない寝床にもぐり込んだ。この前ここでこうして寝た時風邪を引いたから気を附けないといけないよと云いながら、西岡は二人の外套を上布団の端にかけた。電気を消すと、直ぐに二人とも眠ってしまった。

(三)

翌朝一番に食堂へ行って、味噌汁とパンと紅茶の朝食を急いで済ませると、別に日を決めずにまた会うことを約して、慌しく二人は別れた。

副長の話があって以来四次室には種々の臆測が行われていたが、日を経るに従って或る奇怪な噂が有力になろうとしていた。

四次室の少尉及び少尉候補生の大部分の者が最近多量生産を開始した新式の特別兵器の塔乗員となる。それは機雷のような形をしていて、その中に人間が一人しか入ることが出来ない。中へ入ると上から蓋をしてボルトで締めてしまって、もう中からは絶対に開けることが出来ない。それは或る程度、敵の艦船に近接した後にそれを収容しているところの母艦から水中に投下される。塔乗員は或る種の装置に依《よ》って自ら兵器を操縦して敵艦に向って進んで行く。うまく相手に接触したならば自らの爆発によって一発で敵艦を沈める。もしも敵艦に外されたならばそのまま海中に沈んでしまう。機会は只一回しか与えられていない。

この噂は最初は半信半疑で迎えられていたのだが、或はその特種兵器塔乗員の訓練を行っている瀬戸内海の某秘密基地から来たという下士官が四次室へ来てその噂のほぼ事実に近いということを話して行ったということが皆の間に流布されるようになると、忽ち現実の問題として重味を持つようになった。

その下士官の口から直接にその話を聞いた者を千野は知らなかったが、かなり誇張や歪曲はあるにしてもその噂が根拠のないものではないということを信じないわけには行かなくなった。一方では海軍省の人事部から数日中に新しく決定された配置の名簿を持って部員の者がここへやって来るという噂が次第に確実となって行った。特種兵器の搭乗員となる者は既に決定しているという説と、部員がここへ到着してから副長と相談して決めるのだという説と二つあった。いずれにせよ、最初は他人《ひと》事のように笑いながら話し合っていたことが、次第にそっくりそのまま具体的な事実として皆の前に徐々にその姿を浮び上らせて来るのであった。それは不気味なほどであった。

千野はこの噂を耳にした最初から不愉快だった。自分達七十名の生命があまりに安直に取扱われているように思えた。南方へ行けなくなってぶらぶら遊んでいる連中がいる。丁度いい、そいつらを例の新式特種兵器の搭乗員に廻せ、という風に話が運ばれたのではあるまいか。然も帝国海軍の伝統から云えば継子に当る予士官を消耗することは、海軍当局にとっては、兵学校や機関学校の嫡子を失うよりは気が楽なのではないだろうか。そういう風に千野は臆測した。今度の場合も千野は直観的に例のやり口だなと感じたのであった。何か陰険なものがそこに潜んでいるように思えた。

その特種兵器の話にも暗い陰影が附きまとっていた。挺身《ていしん》斬込とか航空機で突込むとかいう話には明快なものがあると千野は思って来た。然し人間魚雷にはそれがない。特別攻撃機だって飛び立てば死ぬこと以外に結着はないのだから人間魚雷と同じではないかという考えは千野の心に生じたが、それにも拘わらず千野は人々に見送られて機上の人となって、空を飛んで行って矢のように敵艦に突込む方には何処か明るみに通ずるものがあるような気がした。明るみというのは若し状況が悪ければ一旦敵の上空に到着していてももう一度機地へ返す機会が与えられているということなのではないかと反問してみる。斬込隊の方がずっと明るい感じがするというのは、この方が最も生還の可能性が多いということの為ではないだろうか。そうして見ると、千野が人間機雷を暗いものに見るというのはそれには最初から生と絶縁されるという仕組になっているからなのであろう。特別攻撃機には乗り込んでスタートしてから、愈々敵の上空に到着して狙いをつけて急降下に移ろうとする刹那までは生であり、生への引き返しの可能の限界点に身を置いている。

人間機雷にはそういう慰めがなかった。搭乗員が母艦上でその兵器の中に身を入れた時から、蓋がしめられてボルトで固く締められた時から、彼は生きながらにして完全に生の世界と遮断されたのである。彼は兵器もろともに海の中に投下せられて、「完全なる死」を模索しつつ進んでゆく。彼に許された唯一の働きは残存している生の状態を離脱するということにある。然もそれを如何に効果的にやるかということにある。窮屈な鉄の筒の中で彼がその人生の最後に考えるべきことは、そのこと以外に無いのである。

(人間を侮辱しているじゃないか。この兵器を考え出したのは誰だ。そして誰がそれを採用したのだ。そんなことが神から許されているのか。傲慢ではないか。)千野は何者とも知れぬ相手に対して、烈《はげ》しい憤りを感じて心の中に叫んだ。

千野は後にこういうことを聞いた。鳥尾が乗っていると思われる特種魚雷艇は、艇の尖端に強力な爆薬を装置してあり、機関を全速にして敵艦にぶっつけ、自分も敵も共に粉っ葉微塵にしようという仕掛になっているが、この兵器は陛下がどうしてもお許しにならないので、敵前百米のところで搭乗員は舵を固定したまま海中へ飛び込むということにしてやっと勅許を得た。

だから今度の人間機雷は陛下がお許しになる見込が全然ない為に、秘密で通してしまったと云うのである。この話が真実であるか否かは無論断定出来ない。然しその話を千野が聞いた時、彼はそれを本当にあったことと思い込んだ。

或る夜のことが千野の心に深く印象づけられている。その日、千野はいつものように佐世保へ出たが、泊らないで海兵団へ帰った。九時を過ぎていた。食堂を覗いて見ると、隅の火鉢のまわりで同じ砲術学校から来た山崎少尉が三四人の従兵を相手にいい気嫌でしゃべっていた。他には誰もいなかった。彼とは館山にいたとき同じ分隊にいたので千野は時々会えば話をする程度の気楽な間柄であった。大分酔っている様子で、呂律が乱れていた。従兵は山崎の話を面白そうに一心に聞いていた。彼等は海兵団へ入って未だ一年も経たない志願兵で、みんな二十歳にならない少年であった。おとなしい人好きのする性質の者が選ばれていた。まだ軍隊馴れのしていない。そして従兵という仕事も初めてらしい彼等に千野は親しい感じを抱いていた。気転が利かなくて、ぼうっとしているところが却って可愛かった。食事の時には、七十人もの少尉達のテーブルの間に立っていて、お代りを運ぶ役目をする。あちらからもこちらからも、従兵！　と呼ばれて、まごまごしている。お代りの碗を間違った方へ持って行きかけて、おい、こっちだ従兵！　と叱りつけられて、慌てて引返したりする。食べる方は自分のことだけしか考えていないから、従兵がのろまに見えて腹が立つ。七十何人もの少尉らの旺盛な食慾の整理収拾のために年若い従兵は真剣勝負のように絶えざる緊張と八方への注意とを要求される。彼等がやっと食事時間の勤務から解放されて、隅の衝立の囲いの中で食事を済ました後、食堂にはもう誰もいない夕方時分によく彼等を相手に話しているのは山崎である。

　また日曜日の朝に、外出番が来た従兵の一人がふだん着ている事業服を真新しい水兵服に着換えて靴を磨いたりしている時に、そばに立って大きな声でひやかしているのは山崎である。彼はちょっと見たところでは直ぐに喧嘩でも始めそうな気短で粗野な人間のようであるが、従兵を相手によく座り込んで話している様子には人懐っこさと優しさが感じられた。

　その晩は、いつもならもう従兵は階下の彼等の居住区へ帰って寝ている時刻であったが、酔った山崎が捉えて離さないらしかった。千野ははあやってるなと思って、食卓に置いてあった茶瓶から湯呑みに茶をついで、一ぱい飲むと寝室へ行った。

　寝台に横になってから千野はその日北佐世保の通りの古本屋で買って帰った仏蘭西近代戯曲集を開いて、天井の薄暗い電燈の光をたよりにシラノ・ド・ベルジュラックを読み始めた。第一幕ブウルゴーニュ芝居の場は、無料で入ろうとする騎士と之を止める門番、早速博奕を始める貴族の家来、花売娘を薄暗い隅へつれて行って接吻しようとする近衛兵、手をつないでトラ、ラララ……と鄙ぶり踊《ファランドール》で歌いながら入って来る一組の童僕たち、子分共に時計やハンケチの掏《す》り方を教えてみせる掏摸《すり》、蜜柑に牛乳、苺酒にセエドル水……と呼ぶ物売り娘の声のうちに始まる。西岡の云った通り、始まりから実に洒《しゃ》落れた心憎い書きぶりである。千野は忽ち魅せられるのを覚えながら、第一幕を読み終った。そして急いで読み終るのを惜しむ気持から、わざとそこで本を閉じた。……

　眠っていた千野は不意に人声で目を覚ました。山崎であった。従兵が二人で抱えるようにして連れて来たのである。寝室は暗く、もう全部寝静まっていた。

「おーい、従兵、彼処《あそこ》だ、彼処に俺のベッドがある。や！　失敬。間違えた。も一つ向うだ。済まん。貴様は誰だい！　ああ佐藤候補生。許してくれ。腹を押えつけて、痛かったかい。はっはあ！　ここだ。ここが山崎少尉のベッドだ。従兵、有難う。もう帰っていいよ。済まなかったねえ、世話をかけて。サントリーを一本飲んじゃったんだからな。」

しんとした室内に山崎の傍若無人な、然し不思議に愛敬のある独白が続けられた。千野はじっとそれを聞いていた。従兵は二人がかりで山崎の服を脱がせて、寝かせつけているらしかった。

「済まねえ、従兵。お前はきっと偉くなるよ。おれが死んでも思い出してくれよ。二階級特進の特別攻撃隊員の名が新聞に出たら、おれの名前を探してみろよ。ああ、あの佐世保の海兵団にいた時に四次室に飲んだくれの山崎少尉という男がいたっけが、あの人も勇ましく死んで行ったのかと云ってな。もういいよ。もう俺は寝るからな。帰っていいよ。従兵。」

この時、向うから喧しいぞという声が起った。

「なにを、黙ってろ。いそぎんちゃく。」

クスクスとふき出す声が聞えた。千野と同じように眼を覚まされて、聴いている者があったのだ。山崎は勢を得てしゃべった。

「いそぎんちゃくでなかったら、ひとでだい。海の底を波に揺られてふらりふらりと行くんじゃないか。ああみんな、静かに眠ってやがる。眠れいそぎんちゃく。館砲の山崎少尉だよ。サントリーを一本やっちまったんだ。もう眠るよ。従兵まだいたのか。馬鹿だな、貴様。帰れよ。おれはもう眠るからな。いそぎんちゃくみたいにな。」

やっと山崎は黙った。彼は眠りに落ちたのであろう。千野は聞いていた間に何度も笑いかけた。が、彼の饒舌が止んで寝室がもとの静寂に返った時、不意に胸をしめつけられるような孤独感に襲われた。それはどうしようもなく、ただ毛布を顔の上に引っ被って、じっと堪えるより他はなかった。千野は幼時に之に似た感情を経験した事を思い出した。夜、夢を見ているうちに千野は夢とうつつのあわいに覚めて、今しも底知れぬ奈落へ落下してゆくような、或は自分のまわりの空間が遥かに無限にひろがってゆくような感じがして、心細く恐ろしく絶望的な悲しみに心を引き裂かれる。恐怖と悲哀に満ちたあの孤独感は人間の原感情とでもいうべきものであろうか。この地球上に、人間が生存するようになった太初の時から、人間に流れているものなのだろうか。幼時に時折その感情を経験するのは、生れたままの人間の意識が未だあまり生活の苦によって覆われていないからだとすれば、成長してからは異様な体験によるのでなければ、人はこの原感情に触れることがないのであると云う風に考えることが出来る。

静かになってから、大分時間が経ったように千野は思った。その時、静かに通路を通って、寝室を出て行く足音を聞いた。千野は眼を開けた。二人の従兵が出て行く後ろ姿が見えた。

（四）

副長の訓辞があってから丁度一週間の日の朝、新しい配置が午後に発表されるから全員残っているようにと云う指令が先任者によって伝えられた。四次室はその発表に就いての取沙汰で持ち切っていた。早耳の者がいて、人事局から名簿を携えて昨夜佐世保に到着した少佐は水交社に泊り今朝海兵団へ来たということ、及び朝からその少佐は副長と新しい配置に就いて再検討しているのだと云うことを皆の間に報じた。そうでなくて、人事局は諸配置への必要な人員の数だけを決めて来て、副長と二人で個々の人間の振当てを行っているのだと云う者もあった。

そして、例の人間機雷の方はここに居る全部の者ではなくて、三分の二位らしいということ、そして残りは内地の普通の配置に行くということや、特別攻撃隊要員は大竹の潜水学校へ全部一応入るのだという噂が殆ど確実なこととして流布せられているのであった。

潜水学校に入る者は全体の約三分の二であるというその噂は、四次室に一つの希望とその為に生じるある落着きの無さとを与えた。

「おれは昔から悪運が強い方なんだ。くじを引いて悪い方を引き当てたことはない。」

と云うものが有るかと思うと、

「こんな時はおれは大抵いい方に廻ったことはない。潜水学校行きは先ず助からない。」

と既に悄気《しょげ》げてしまっておる者もいた。

千野は普通の配置へ行く者があるということを知っても格別心は騒がなかった。彼は最初に秘密兵器の話を聞いた時からこれに関するあらゆる噂が全部そのまま真実となって自分の身に起ることを予感したのであった。それは思いがけぬ恐ろしいことではあったが、一旦そういう噂が現実に彼の前に姿を現わしてしまった時には、それが前からそうなるべく決っていたことのような気持になっているのであった。千野はそう云った運命への従順さとも云うべき性情を備えていたのである。

然も彼はすっかり諦めているというわけではなかった。彼は突発的な事態の展開に対して己を順応させながら、それでいて何処かで楽観していた。特殊兵器の中に入って上から蓋をしてボルトで締めてしまうという話を聞いた後でも、千野はその話の持つ無常感に慄然としながら、一方は心の中で次のように独白するのである。

(人を馬鹿にしている。モルモットじゃあるまいし、上からボルトで蓋をしめるなんて。そういう仕組の兵器を誰かが考え出したのなら、俺は内部からその蓋をこじ開ける方法を研究して美事に脱出して見せるよ。)

昼の食事を終ってから、四次室の食堂には七十数名の者が不安と期待と焦燥の入り交った興奮状態を示しながら、騒然として副長の入って来るのを待っていた。副長は然しなかなか現れなかった。本部まで聞きに行った先任者が戻って来た時、間もなく此処へ見えるからそのまま部屋を離れずに待っているようにと伝えた。午後の課業止めのラッパが響いて来て、従兵は夕食の仕度にかかった。皆の顔には焦燥の色が濃くなって、次第に話し声が少なくなった。席を立って寝室へ行くものもあった。時計を何度も見ては、外出の時間が遅れるではないか、と怒る者もあった。無論それは本音ではなかった。外出どころの騒ぎではない。彼の運命を決定する瞬間が否応なしに刻々と近づきつつあることの重苦しさに堪えられないで発する悲鳴であった。どっちになったっていいから、少しでも早くこういう不安な状態から脱《のが》れ度《た》いという気持は、明かに室内に漲り始めていた。兎も角も、団門を抜けて折れ曲りつつ相の浦の駅へ下ってゆくあの冬枯れの丘陵の道へ飛び出したいと云う慾望が皆の心に烈しく起っていたと思われる。

冬の日が落ちかけ、室内が急に暗くかげり始めた。突然、前の方の扉が開いて、副長が入って来た。人事局の少佐は一緒ではなかった。もう一人、本部の年の行った将校がついて来ていた。その瞬間、一斉に異様な緊張が部屋を流れた。

黒板を背にして副長は壇の上に立った。

「大変遅くなって、皆を待たせたが、今日海軍省の人事局から橋本少佐が来られて、諸君の新しい配置の名簿を渡された。今までかかって、こちらにある名簿と照し合せて、改めて表を作製した。之からそれを読み上げる。初めに配置先を云って、次に名前を読む。」

無造作にそう前置きして、テーブルの上に紙をひろげた。ついて来た大尉がそれを手伝って、横に立った。

最初に副長の読み上げたのは館山砲術学校附を命ぜられた十人ばかりの名であった。それは千野と同じようにその学校を卒業して来た顔見知りの者であった。返事をする者に対して、その度に全部の人間の羨望の視線が一斉に烈しく注がれた。（ああ、あいつは救《たす》かったな！）という一つの感動が切なく一同の胸を打った。それから、いずれも内地の防備隊や通信学校などという、特別攻撃隊とは遥かに無縁な配置の名が読み上げられた。それらは大抵一人宛《ずつ》であった。そしてそれは対潜学校や通信学校から来た者であった。初めの館山砲術学校行の中に名前が出て来なかったことから、千野はほぼ自分の運命が定まったことを感じた。

「大竹潜水学校附を命ぜられる者。」

と副長が云った。千野はこれ迄の噂が愈々現実となってその通り姿を現わしたことを知った。そして、自分の名が間もなく呼ばれるであろうと思った。然も一方では、若しかしたらと何物かにすがる気持は最後まで失われなかった。

次々と読み上げられる名前は、その殆どが千野と一緒に館山から来た者の名であった。K候補生も山崎少尉もその中に入っていた。千野と同じ分隊にいた親しい仲間は皆名を呼ばれた。そして、無雑作に読み上げる副長に対して、その返事も大部分は普通の声で発せられた。上ずったり震えたりしていると思われるものは無かった。然し夫々の返事の後、次の名を副長が呼ぶまでの僅かな数秒の間の沈黙に一人の人間の無量の思いと他のすべての人間のさまざまな感情がこめられていた。中には姓を呼ばれて、名前を問い直す者が六七人いた。他に同姓の者がいるのか、或はいるかも知れない者達で、たとえば自分の名を言って（吉田太郎ですか？）という風に問い返した。そうして、はっきり己れだということを明かにされると、改めて返事をした。それはさり気なく問を返すのであるが、わらをもすがろうというあがきが隠し切れなかった。

千野の前に座っていたSというやはり同じ館山から来た少尉で、日頃から物言いが軽薄で厚顔なのを憎んでいた男も遂に名前を読み上げられた。副長が来るまでは、自分だけは運が強いから潜水学校行には入らない自信があるかの如く、或は何としてでも幸運なる少尉の中に入って見せようという押しの強さを見せてひとり大声でしゃべっていたが、それでも心配は隠せなく、副長が最初に読み上げた館砲附の十名ばかりの中に今にも自分の名前が出て来ると云った期待の視線を副長に釘附けにしていたが、それが美事に外れると、顔色が少し蒼白になって来た。それでも、不安を強いてまぎらそうとして、誰にともなく
「おいおい。冗談じゃねえよ。願いますぜ。」

と小声で笑いながら言うのだが、その笑いも硬《こわ》ばっていた。

Sの名が先に出た。その返事は声が咽喉の奥で鳴ったように聞えた。既に幾らか蒼白になっていた彼の顔からその瞬間サッと血の色が失せた。そして二三番過ぎてから、低い押し殺した声で、畜生、と呻《うめ》いた。千野は一種残酷な快感と軽侮の情とを以て深傷《ふかで》を負った動物にも似たSの姿態を見守った。

が、やがて千野自身の名がまぎれもなく読み上げられた。千野は反射的に返事をしてから、自分の声が果して上ずっていなかったかどうかを急いで反趨してみた。そして声も顔の表情も殆ど変りはしなかったと自分で確かめた。それと同時に先刻まで心の一隅に抱いていた幸運への期待が、名を呼ばれた瞬間から引き返す渚の波のように忽ち消えてしまったことを意識した

のであった。

全部の名前を読み終った時、副長は次の如く言葉を附け足した。

「なお大竹の潜水学校附に決った者は、同校に入った後、特殊なる任務に服する予定である。」

その一言は何気なく発せられたけれども潜水学校行を命ぜられた者の胸に、杭を一本打ち込むに等しい響があった。

大竹潜水学校に入る者は二月一日午前中に入校することになった。それに間に合うように佐世保を出発するには、後三日の余裕しか与えられていなかった。


発表のあった翌日、千野は次のような話を伝え聞いた。千野らがその搭乗員となるべき特殊兵器の基地は大竹に近い瀬戸内海の或る小さな島にあって、その島へ一旦渡ったが最後、外出はもとより一切の通信はその日より禁止される。即ち事実上、その基地に入った日から彼等は完全に実社会から隔絶されるわけである。訓練は高度の機密裡に行われる。そしてそれは其《そ》の儘《まま》、決行の日につながるのである。その島では外出と通信という軍隊での二つの最大の楽しみを奪われる。そしてその代りに酒が与えられる。士官に取っても兵に取っても、それだけが唯一の慰めとなる。否、酒は却って彼等を荒ませる。絶望的な空気が島全体に漲っているというのであった。

この話は、その基地から来た一人の下士官に依って語られたというのであった。千野はその話の真実性に就いて疑う先に、その話の有《も》つ不思議な実感に慄然とした。そして、この島の名は——それは一特基という名で呼ばれていることを後になって知るが、何時までも千野の心に恐怖と呪わしい感情を植えつけたのであった。

何よりも千野に取っての大きな苦痛は、一切手紙を出せなくなるということであった。外出が禁止されるということはつまりその島へ入った搭乗員に取っては恐らく最後の日までもはや娑婆を踏めないことを意味するものであろう。然し乍《なが》ら、之は千野には一旦特殊任務の要員として自己の運命が決せられた以上、それほど大きな苦痛とは思われなかった。ただ基地へ行った日から自分が愈々死ぬ日まで、その期間が何十日続くのか又何ヶ月続くものやら分らないが、その間に家族との書信の往復が許されないということは、堪え難いことのように思われた。家にいる父や母や兄妹は、便りの来ないことを不安に思いつつも、何処かから今に元気な便りが来るものと思い込んでいる。そして日々、千野の武運の長久ならんことを祈っている。家の者を驚かすために不意に帰省することを空想しさえしているかも知れない。その時、千野は予定された死に向って一日一日と最後の生を短縮しつつある——そのことを告げることが出来なくて。

外出と通信の代りに酒が与えられるということは千野の心に烈しい憤りを起させた。人間に対する侮辱でなくて何であろう。千野は死に行く者に対しての酒がせめてもの心遣りなのだという風に考えることは出来なかった。そのアルコオルは人々の心から一時でもその悲しみを忘れさせずに却って人々を荒々しい反戦的な感情に駈り立てることを想像するのであった。

発表のあった晩、殆どの者は夕食を食うなり、既に外は暗くなっていて何時もの外出時刻より二時間も遅くなっているにも拘わらず、何かに追われるように身仕度を急いで海兵団を飛び出して行った。千野は寝室にのこった。そしてシラノの続きを読み終った。心は平静であった。然し翌日この噂を耳にした時から、千野の心には一種の切迫した感情が起った。（自分が社会から事実上隔絶されるという運命は先ず潜水学校の門を潜った時から始まると見るのが妥当であろう。そうしたならば、それ迄に誰かに自分のことを知らせねばならぬ。その人間は自分より後に生き残って、自分が後日行方不明となった時には一切を家にいる父母に知らせてくれる人間でなければならない。）

千野は肉親への遺言をことづける人物を突嗟に心で求めた。そしてそのような経路を辿るまでもなく、直ちに西岡に会わねばならないという気持は間髪を容れずに千野の胸裡に湧き起ったのであった。

午後四時の課業止めのラッパを聞いて間もなく、千野は海兵団の裏門を出て行った。丘陵の上の畑の間を道はゆるやかな流れのようにその方向を変じつつ下っていた。半丁ばかり先を行く二人、その更に半丁ほど先を行く一人の紺の雨着のすそを風が吹いている。そして千野のうしろからも一丁ほど遅れて二人、三人と続いて急ぎ足で歩いて来る。みな四次室の少尉たちであった。空は曇っていた。一月近くの間、通い馴れた道である。夕方に出て、あくる朝の六時前頃また薄暗い中を急ぎ足で帰って来た道であった。もう三日後にはこの道をも見なくなる。そしてその後、今歩いている丘の斜面の道を一体どのような気持で思い出すことだろう。

汽笛が駅の方から聞えて来た。千野の前を歩いていた三人連れが片手で短剣を押えて走り出した。道は線路に面した崖へ出て来て急な坂道になった。一番先を歩いていた一人は二人に追い越されてから、駆足になった。千野のうしろからも駈けて来る。陸橋を渡ると駅が見えた。佐世保行の汽車が黒い煙をひきながら静かに発車の時刻の来るのを待っている。千野も到頭駆け出した。

（五）

この日佐世保警備隊へ西岡を訪ねて行って、彼が三日前にこの町から二里ばかり離れた或る防空砲台附になって出て行ったことを聞かされた時、千野は身体中から忽ち力が消えてしまったような気がした。何という意地の悪い運命だろうと千野は天を恨んだ。勢い込んで出て来ただけにその失望は大きく、こんなことなら西岡が此処にいた間に何故もっと度々会う機会を作らなかったのかと、今更乍ら惜まれてならない。

それにしても、転勤になる前にどうして一言連絡してくれなかったのだろうと不満に思う気持もある。行き届いた西岡の性質からすれば、何らかの方法で千野にそのことを伝えてくれそうなものであるのに、それをもしなかったというのは急に転勤の命令が出たものであろうか。

その晩、千野は一人で水交社の食堂で夕食を食べると、未だ宵の口ではあったが海兵団へ帰った。

明る日は日曜日であった。その日も薄く曇って、底冷えのする日であった。朝食の後でK候補生が千野を見附けて言った。

「千野少尉。昨夜、水交社へ行かれなかったですか！」

「行ったよ。行ったけど、ちょっとして直ぐ帰って来た。」

「食堂で、千野少尉の呼出をやってるのを聞きましたよ。二度ばかり。」

「何時頃？」

「そうですね。八時過ぎ頃だったかな。」

考えてみると、千野が水交社を出たのが七時半頃であった。

「じゃあ、俺が帰って間なしの頃だな。誰だろう？　名前は云ってなかった？」

「名前は云ってなかったと思います。」

（西岡に違いない）と、千野は直感的にそう思った。（きっと何かの用でか、或は週末の上陸で出て来たのだ。しまった。もうちっと水交社でゆっくりしていれば、昨夜うまく会えていたのに。わざわざマイクで呼出をやって貰っていたところを見ると、ひょっとすると例の噂を耳にしたのかも知れない。どうもそんな気がする。）

千野は大急ぎで寝室へ帰って外出の身仕度をするなり、再び海兵団を飛び出した。そして昨夜、月のない真暗な中を戻って来た丘の斜面の道を、西岡がまだ帰らずに水交社に泊っていてくれることを祈りながら急いだのであった。

水交社へ着いたのは午前十時過ぎであった。千野は真先に休憩室の前の告知板を見た。果して有った。一番隅のところにチョークで次のように記してあった。

（千野少尉。会い度し二十九日（日）夜まで旧館十一号室にいる。西岡）

（ああよかった）と千野は胸が熱くなる思いでこの文章を読んだ。（もう間違っこなしに会える。危いところだった！）

旧館の十一号室というのは、この前に西岡と会った晩に一緒に泊った部屋である。千野は直ぐに廊下を通り抜けて、旧館の二階の部屋へ行った。スリッパが廊下に出ていないのを見て、（西岡は留守だな）と思った。部屋の中は空っぽだった。机の上に紙片がインク壺で押えてあった。

（二十九日午前七時、砲術長への用で出て来たら話を聞いた。今日はS砲台の教練射撃見学に行かねばならぬ。夕方には必ず帰って来る故。待たれたし。）

千野が部屋を出かけた時、箒を持って階段を上って来る小母さんに出会った。

「西岡さんですか。貴方千野少尉でしょう。あなたが来られたら、必ず待っててくれるようにって、西岡さんが朝やかましう云うて行きなさったですよ。」

「ああ、今、読みました。」

「この前、転勤なさる時に来られてね。あなたが来られたら宜しう云って下さいいうことと、大抵土曜日の晩にはこちらへ出て来るからその時に会うようにしようと云うことも伝えるように頼まれていたのですけど、あなたがちっともお出でにならんもんですから。」

（西岡の奴、ここへ連絡して行ってたんだな）と、千野はうなずいた。

「小母さん、じゃあ、昼からずっとこの部屋にいますからね。」

「どうぞ。」

小母さんは愛想よく笑って、向うへ行った。千野はもう一度、玄関へ出て行って、告知板の西岡の字の下へ小さく（了解）と書いた。

昼から千野は十一号室で家に宛てて葉書を認《したた》めた。父と母と去年女学校を卒業して今女子挺身隊員として工場に通っている妹とが家を守っていた。部屋の中は薄暗くて、それに随分冷えた。千野は外套を肩の上から被って、小さな机の前に端座していた。時々階下の小母さんの室から数人の若い士官の笑い声が聞えた。

千野は何度も万年筆の先をインク壺に浸しては、書き出しの言葉に思案していた。これは最後の家への便りとなるかも知れない。潜水学校へ入った日から通信が許されなくなると云うことは、一応覚悟して置く必要があると思われるのであった。

遺書を書くと云う言葉は、此の場合千野の気持にはぴったりしないものがあった。遺書という四角張ったものではなくて、もっともっと胸のつまるような肉親への呼びかけでありたかった。今のこの気持をどうかこのまま告げてやりたかった。

今迄に幾度も千野は戦死した将校兵士の父母兄弟に宛てた最後の手紙を読んだことがある。自分も愈々その手紙を書く時が来たと云う感じは、千野の精神をぐっと引きしめるものがあった。もはや潜校行の氏名を発表されるまでの数日の間に千野の心を占めていた悪感の状態は、見られなかった。責任感にも似た一種の緊張感と苦痛に近い或る切なさとが彼の心を埋めていた。千野は自分にも到頭やって来たこの瞬間を、切迫した感情の裡《うち》に自ら楽しむものがあるのを知った。それは自らの深傷に快感を見出すあの奇態な感情と通ずるものがあった。それは一種甘美な酔い心地ということも出来るだろう。しかもそれは意識されたる酔いであった。冷やかな悲しみのうちに、千野はどうにかして、この気持を父に母に妹に告げたいという願いを抱いたのだった。

やがて、千野は書き始めた。

之から当分の間、便りを出すことが出来なくなると思います。が、どうか、あまり御心配なさらないで下さい。何処へ行こうとも、僕は元気でいると思っていて下さい。

そこ迄書いた時、急に思い掛けなく涙がこみ上げて来た。千野はじっと耐えた。窓硝子の外に眼をやると、さっきまで薄日がさしていた本館のクリーム色の建物と庭の芝生の上に白いものが舞いはじめているのに気が附いた。

(ああ、雪が降り出した)

二つの建物に挟まれた静かな空間にしばらく小さな無数の雪片が舞うさまを見ていた千野は、再び葉書の上に眼を移した。

……僕はいつでも、人生至るところに青山ありということを信じています。

此処でまたペンが動かなくなった。数十秒経った。千野は外を見た。雪は次第に烈しくなって来た。

今、水交社の古い日本建の一室で、外套をかぶってこの葉書を書いています。そして、さっきから外は雪が霏々《ひひ》として降り始めました。午後の三時頃であります。

お父さんお母さんはどうか無理をしないように大事にして下さい。奈津ちゃんは元気でやりなさい。では又。

さようならと書こうか、それとも何とも書くまいかとしばらく迷ってから、最後に、では又。とした。千野は葉書を書き終えた。

（七）

西岡の帰りは遅かった。冬の日が暮れて、外が真暗になった。雪は止んでしまっていた。段々暗くなってゆく部屋の中で机に凭《もた》れたまま何もしないで帰りを待っていた千野は、待ちくたびれて、五時の食堂の用意のベルが鳴るのを聞くと起ち上って部屋を出て行った。さっき書いた葉書を受附の郵便検閲箱に入れてから、食堂へ入って行った。もうテーブルは殆どいっぱいになっていた。

「千野少尉！」

呼んだのは山崎少尉だった。千野はそのテーブルへ近づいて行った。山崎は前にお銚子を二本列べて、もういい顔色に酔いかけていた。千野がその横の席に座ると、彼は早速盃を千野に差し出した。

「千野少尉、いっぱい。」

それを乾すと、もう一盃ついだ。

「いよいよ、明日の晩はこのなつかしい佐世保ともお別れだな。千野少尉。こんなガラッパチだけど、潜校へ行ってからも宜しく頼むよ。ほんとに。お互いに一年間、やって来たんだものね。俺は館砲を卒業する前の晩に、分隊の者全部で合唱したあの歌を、今でも思い出すよ。」
低い声で山崎は口吟《くちずさ》みはじめた。

冬の館山木枯し吹けば
襟に桜の花が散る。ダンチョネー

思い返せば半年かけて
越えて通うたあの山路ダンチョネー

今宵別れの炉ばたの酒は
おれの眼に泌む胸に泌むダンチョネー

おれはセブ島貴様はレイテ
南十字に散る桜　ダンチョネー

肩を叩いて別れよじゃないか

明日はダバオでまた逢おうよダンチョネー

千野のところへビールを運んで来た給仕の娘が眼を閉じてテーブルに頬杖をついてうたっている山崎を見て、クスクス笑った。千野はコップにビールを満たして山崎の前に置いた。彼は一息でそれを飲んだ。

「クラブからの帰り、真暗な夜の道を海岸沿いにピッチを上げて帰ったもんだ。曲り角に出て来る度に海から突風が吹きつけて来て、風に倒されそうになりながら、歌をうたって歩いて行った時のことが、この歌を聞いていると矢鱈《やたら》に感傷的に思い出されるんだ。待ち焦《こが》れた十二月二十五日任官の日が一日一日と近づいて来るのに、嬉しい筈の気持が全く浮き立たない。戦況がどんどん悪くなって来ているせいでもあったけど。いよいよ卒業式の前の晩に、予備学生になってから初めての酒が湯呑みに一杯出て、恒例の分隊会だ。おれはあの時にテーブルの上へ飛び上って、タップダンスをやって、床へ転げ落ちた。最後には区隊長を担ぎ上げてスクラム組んで学生舎を突進したりした。千野少尉よ。懐しいじゃないか。どうしてみんなあんなに可愛く気が狂ったみたいに騒ぎ廻ったんだ。それで、次の日の午後にはもう散り散りばらばらに別れてしまった。いけない。忘れていた。おれはもう行かなくちゃならんのだ。」

「何処へ行くんだ?」

「エスさんのところだ。俺が佐世保へ来てから、遊んだ芸者はたった一人きりなんだ。本当は芸者じゃなくて、その家の娘なんだけど、俺が始めて行った晩に、出て来たんだ。それから後、ずっとエスは呼ばずにそいつが出て来るんだ。首ったけなんだ。本当なんだよ。明日の晩は駅まで送って行くと云って聞かないんだ。無論、あのことは知らないのだ。知ったら死ぬかも知れない。千野少尉に思わず惚気《のろけ》を聞かせてしまった。済まん。じゃ、失敬！」

山崎少尉は気持良さそうに笑って、席を起って行った。

食堂の入口からは次々に若い士官が入って来た。そして帽子と短剣を帽子掛けにかけて、食券を求めるために列を作った。千野は山崎少尉のしゃべるのを聞いている間にも時々入口の方を注意して見た。が、西岡の姿はなかなか現れなかった。時計は七時を指した。千野は一度食堂を出て、旧館の部屋の方へ行って見た。未だ帰っていなかった。玄関へも行って見た。告知板の文字はそのままになっていた。千野はしばらく休憩室のソファーでラジオのニュースを聞いていた。マニラの戦況は絶望的であった。日本軍の脆《もろ》いのは全く意外なほどであった。千野は歯がゆく、腹立たしかった。そこで、途中から休憩室を出て、また食堂へ戻った。

（ひょっとして、砲台へ直接に帰らなくてはならない事情が生じたのだろうか？　もう帰って来そうなものだが——）

若し今日会い損ねたら、恐らく西岡とはもう会えないだろうと思うと、千野は落ち着かなかった。焦々《じりじり》しながら、西岡らしい姿の入って来るのを待ち続けた。

八時近くになった時、やっと西岡がやって来た。帽子掛けのところで外套を脱ぎながら食堂の中に視線を走らせた。千野はちょっと手を持ち上げて合図をした。西岡はすぐに気附いて、軽く手を挙げてみせた。それから、食券を求めに行った。千野は肩の荷が急に軽くなったような気持を覚えた。

西岡は彼のテーブルに近づいて来た時、顔でオッという会釈の表情をした。

「探していた。」

と言って、千野の横に座った。

「うん。俺も会いたかった。」

忽ち胸がいっぱいになって、千野はやっとそれだけ言った。それ以上何か言おうとすると、泪がこぼれそうであった。

「よかった。よかった。心配した。」

千野の表情を見て、西岡の声も少し興奮していた。

「まずくやると、会い損ねると思って心配した。まあ、よかった。昨日出て来て潜校行の話聞いて、千野も多分それに入ってると思ったんだ。やっぱり、そうだったのか。こちらがこたえた。話を聞いて、慌ててしまった。昨夜拡声器で呼出を三度やって貰ったけど、いないし、今日出て来てくれればいいがと思ってたんだ。明日はもう砲台へ帰らないといけないし。こっちがこたえたよ。」

その言葉を聞いていると、千野はもう何も言う必要がないと言う気がした。そしてそのまま黙っていた。フォークを取ると、手が震えかけた。

西岡も運ばれて来たランチを食べ出した。一緒にビールを飲むことも忘れてしまっていた。

しばらく黙ったまま、二人とも食事を続けていた。ふと、千野は思い出して

「シラノを読んだよ。」

と言った。そうすると、心が静まってゆくのを感じた。この言葉は千野はわざと意識して言ったのであった。

「心意気はどうだい?」

「気に入ったね。」

初めて顔を見合せて笑った。

「今夜の計画は、どうする?」

と西岡が聞いた。千野は時計が八時を廻っているのを見ながら

「今からでは遅いな。レスは……」

「行けないことはないが、此の前の調子じゃ止めた方がいいかも知れないな。」

千野も気は進まなかった。

「鉄鯨の間では、風邪を引く恐れがある。止めにしよう。」

「そうと決ったら、ここで如何にすべきやだ。」

「十一号室で火鉢でかんして、酒を飲むというわけには行かないか?」

西岡は、ふうむ、と云ってちょっと考えていたが、元気よく言った。

「名案だ。よし。おれが設営をやって見よう。その方が何時までも、時間の心配なしに落ち着いてやれる。酔っ払ったら、そのまま寝てしまえばいい。まずいエスの唄を聞いて、くしゃ

みするより何ぼういいか知れない。」

「酒は手に入るか？」

「小母さんをおだてるよ。」

「じゃ、行こうか。」

席を起って西岡と一緒に食堂を出て行く時、千野はもうすっかり心の平衡を取戻していた。

西岡の設営は順調に行われた。この次来る時に一本提《さ》げて来るという約束で、小母さんから酒を都合して貰うことに先ず成功した。小さな火鉢に炭火をおこして、小母さんが部屋へ持って来てくれた。酒は一升瓶に半分より少し余計入っていた。さかなにはするめと海苔を焼いたのを運んで来てくれた。

「有難い。何でも小母さんに頼むに限るな。」

「西岡さんのことでしたら、どんなことでもして上げますよ。」

「済まん、済まん。」

「その代り、あまり騒いじゃいけませんよ。温和《おとな》しくするんですよ。」

若い士官達の扱い方に馴れているのであった。ちゃんとかんの出来るように仕度をしてくれてから
「布団は勝手に敷いて寝てちょうだい。」

と言って出て行った。

「ちょっぴり、色っぽいところがある。」

そのあとで早速、千野が言い出した。

「内攻している。それがマダムの人気のある原因かも知れない。親切で、あっさりしていて、何処か不良性を持っている。」

「あれで、三十五六というところかな。」

「神経痛が持病だと云って、時々、あの部屋の常連に肩を揉ませている。」

かんの出来るまで、するめをむしって食べながら、二人はそんな無駄口を利き合った。話が真面目になるのを無意識に避けていたのである。早く酔うことがこの場では必要であった。火鉢を間に挟んで、二人は胡座《あぐら》をかいていた。部屋は空気が冷えているので、二人とも外套を被っていた。（こういうことも、今夜が最後だ）と、千野は心の中でそっと考えていた。

「さあ、かんがとおった。」

西岡が茶瓶から銚子をつまみ上げて、千野の盃についだ。今度は千野が西岡についだ。二人が盃を持ち上げた。西岡がすかさず言った。

「シラノ・ド・ベルジュラックのために、乾盃！」

そこで二人は、第一幕ブウルゴーニュ芝居の場に於けるシラノの登場ぶりに就いてや、例の（反歌の結びでぐっさり行こうぞ）という即興詩のリフレインの文句や、第二幕の詩人無銭飲食軒や、その他黄金圧搾軒や松ぼっくり亭という風な奇妙な店の名前のことや、第三幕ロクサアヌ接吻の場でシラノが（早や過ぎらい）とクリスチャンを叱るところなどに就いて、代る代るしゃべった。そのうち二人共少し酔って来た。西岡は巴里祭の歌をうたい始めた。日本語の文句でである。千野は彼にその歌詞を教わりながら、低い声でつづいて歌った。

巴里の裏町にも
日は照りわたるよ
若い二人が
寄り添い歩く……

その後ははっきり覚えていなかったので、いい加減にうたっていた。その合間に彼は千野に酒をすすめた。千野は段々酔いが廻って来るのを感じた。

「何たる悲しい歌ではないか。人をして、感傷的にならしめずにはおかない。」

そういうと、西岡は今度はショパンのピアノ曲をうたい出した。何という曲か千野は思い出さなかった。西岡も知らないと言った。それも日本語の歌詞がついていた。そんな歌詞があることを千野は知らなかった。西岡が勝手にこさえたのではないかとも思ったが、そうではなさそうであった。最も甘美な曲であった。

千野は思いついて、ポケットから名刺を出した。すっかり酔ってしまわないうちに、西岡に頼んで置かねばならないことがあった。それに千野は大阪の彼の住所と、家へ行く道順とを記した。そして父の名を書き添えて、西岡に差し出した。

「おれの家のところ書だ。頼む。」

「よし。」

西岡は一瞬真剣な顔になってその名刺を見たが、すぐにそれを手帖に挟んで胸の内ポケットへしまいこむと、もとの姿勢と表情にかえろうとした。が、千野は急にずるずると心が或る方向へ傾いてゆくのを感じた。そしてそれに抵抗しようとすることは最早《もは》や不自然であることを覚った。千野は話し出した。

「きょう、昼からこの部屋で、家へ葉書を書き出したら、泪がこみ上げて来て困った。あんなに悲しいものとは思っていなかったのだ。この葉書を見たら、楽天家のおやじもお袋も感づくかも知れないと思ったけど、感づけば感づいたで俺はいいと思うんだ。嘘でない、今のおれの気持を家の者に知ってほしいと思ったんだ。不思議な気持だ。おれの今の気持は。今日も北佐世保の駅を降りてからここへ来るまでの道で、始め裏道を歩いていたのが、不意に人の多勢歩いている通りの方へ出ようと思ったんだ。ひとりで歩いているのが淋しく思われたんだ。道を行く人がみなたまらなく懐しいんだ。ああみんな、ああして歩いている、と妙な感動をしている。そして、おれがいなくなってしまって後も、今、自分が眼の前に見ているようにああして同じようにみんな歩いているのだろうと思うんだな。すると矢鱈に切なく感傷的になって来る。特に女学生を見ると、妹のことを思い出すんだ。白い鉢巻を締めた女学生の挺身隊が夕方、北佐世保の駅で汽車にいっぱい乗って来るのだ。工場からの帰りで、随分疲れていると思うんだけど、そんな様子をあまり見せないね。じっと見てると、胸が苦しくなって来る。生きているということがどんなに美しい、尊いことに見えるかが、はっきり分ったんだ。おれはもう副長を憎んでもいないし、人事局の人間を怨んでもいない。海軍当局が予備士官に冷淡であるとか、死ぬ方へばかり予備士官を廻すとか、そんなことはもう考えてはいないよ。つまらないことだと思うよ。そういうものを超えた、我々の眼には見えないものが俺達を動かしているんだ。どうにもならないものがあるんだ。その前には人間が何とか細く可憐に見えるんだろう。何てあわれなんだろう。」

千野の眼から続けさまに涙が頬を伝って落ちた。そしてその声は泣声に変って行った。

西岡は苦し気に聴いていた。

「死ぬのは淋しいよ。淋しくて堪らないよ。俺は海の中へ沈んでゆくとき、兵器の中で泣くよ。大声上げて泣くに決ってる。泣いたって、暗い海の中で、誰に聞えるものか。」

とめどなく涙が頬を濡らすのを千野は感じた。そして心の一方では、(何て意気地なしの泣虫なんだ)と自分を腹立たしく思う気持があった。それまで黙って千野の言葉を聞いていた西岡が口を切った。

「千野。千野らの次には俺たちが第二次特別攻撃隊となって行く。そうして俺たちも亦死ぬ。その後また次に残っていたものが行く。そうしてそれも死んでしまう。次から次へと波が打寄せるように、俺たちはみんな特別攻撃隊となって出て行くんだ。そうして、日本中の人間がみんな死んでしまうんだ。日本は何もかも亡ってしまうんだ。誰一人残らなくなるんだ。おれはこの戦争をそう考えている。そしてその日ももうあまり遠いことはないと思っている。千野、おれはそんなに考えてるんだ。お前も死ぬんだ。おれもその後から死ぬよ。いいじゃないか。なあ、千野。みんな死んじまうんだ。泣くなよ。もう言うまい。もうこの話は止めよう。さあ、残りを一緒にぐっと飲んでしまおう。飲んでしまって、床を敷こう。最後の晩だ。しめっぽくなっちゃ、いけない。布団の中へもぐり込んで、改めてだべろう。」

千野は西岡の言葉を聞いていているうちに不思議に胸が安らいでゆくのを覚えた。鋭い悲しみが涙に融かされて行くようであった。

明る朝千野が眠りから覚めた時、未だ外は暗かった。寝床から脱け出て服を着ていると、階下から時計の六時を打つ音が聞えた。西岡は微かな寝息を立てて眠っていた。(このまま起さずに行こう)と千野は思った。そしてポケットから手帳を出して紙を一枚ちぎった。机の前に座って、万年筆を握ったまま、西岡に書き残す言葉を考えた。しばらくして、千野は、健康を祈る、千野、と書いた。

その時、遠くで不意に美しい歌声が起った。(ああ女子挺身隊だな)と、千野は思わず耳を澄ました。海軍工廠《こうしょう》へ行く道を女学生がラバウル航空隊の歌を合唱しながら進んで行くのであった。白い鉢巻を髪に締めた少女達の顔が、灯のともるように千野の心に映った。元寇の歌が続いて起った。それは別の方角から進んで来る一群であるらしかった。川瀬の水の音が或は高まり或は沈むように、二つの歌は互いに起伏し重なり合ってはすみやかに流れて行くのであった。

大正11年　父、母、潤三１歳半

昭和7年ごろ　帝塚山学院小学部の
学芸会でのニュージーランドの踊り。
前列左が潤三

昭和10年　万代池のボートに乗る
浜生三きょうだい。
真ん中が潤三の夫人となる千壽子

昭和18年　伊東静雄（左）と
入隊前の潤三（右）

昭和20年　海軍少尉時代の潤三

昭和23年　帝塚山の写真館にて。
千壽子、長女夏子と

昭和30年　芥川賞受賞後の家族写真。
千壽子、長女夏子、長男龍也と

昭和30年　熱海にて。
左から井伏鱒二、潤三、夏子、
河盛好蔵、小山清

昭和30年　左より二人目遠藤周作、
小島信夫、三浦朱門、一人おいて庄野潤三、
安岡章太郎、吉行淳之介、近藤啓太郎、
一人おいて島尾敏雄

昭和31年　石神井の自宅の庭にて。
夏子、龍也と

昭和32年　石神井の自宅の縁側にて。
左から龍也、千壽子、和也、夏子

昭和32年　横浜港、ガンビアへ発つ
クリーブランド号にて

昭和33年　潤三が写したミノーと
シリーン

昭和36年　完成した生田の自宅前にて。
左から村上菊一郎、井伏鱒二、
小沼丹、潤三

昭和37年　生田の丘にて。左から
夏子、和也、龍也

昭和39年　生田の自宅にて
梅の土用干し。左から和也、潤三、龍也

庄野潤三全著作案内

本欄の執筆者は、『愛撫』から『紺野機業場』が宇田智子、『クロッカスの花』から『山の上に憩いあり』が北條一浩、『ぎぼしの花』から『ワシントンのうた』が島田潤一郎、『インド綿の服』『逸見《へみ》小学校』が上坪裕介です。

庄野潤三の他の著作には、『プールサイド小景・静物』（新潮文庫）、『愛撫・静物』『絵合せ』（ともに講談社文芸文庫）、『子供の盗賊』（牧羊社）、『親子の時間』（夏葉社）がございますが、これらは選集のため本稿には掲載しておりません。

『愛撫』 新潮社 一九五二年

第一創作集。九編のうち六編は作家自身が「夫婦小説」と呼ぶもので、夫は外に恋人をつくったり会社の金を使いこんだりし、妻は孤独に苦しんでときに自殺未遂をするというパターンが書かれる。作中に夫と妻それぞれのモノローグがあり、結婚生活の光も陰もくまなく暴かれるようだ。不幸なのはみんな同じだ、と夫たちはいう。敗戦後の貧しい日本、狭い家。俸給は少なく娯楽もなく、核家族で誰も頼れない。それでも生きようともがく姿を、作家はエピソードをじっくり積み重ねて書いた。まるで家庭という密室で実験をくり返すように夫婦を観察し、熱心に記録した。夕食後のダンス、夜中の縄飛びなど印象に残る場面がいくつもある。

『プールサイド小景』 みすず書房 一九五五年

第二創作集。表題作は、夫が会社の金を使いこんでクビになり、妻は自分たちの生活の頼りなさに初めて気がつくというもの。当り前だったものが突然当り前ではなくなり、妻は困惑する。「どういふ神が、こんな理不尽な変化を許したのか」。生活が「変化」したのは単に夫の使いこみのせいなのだが、別のもっと大きなものへの怯えが生まれているようだ。一方で夫が何を考えているかはわからない。最後の場面ではプールに男の頭が浮かんでいるのを、勤め帰りの乗客たちが電車から見下ろしている。水面下で何が起きているのか。見えない部分を残し、外からの視点を入れることで、これまでの夫婦小説よりもぐっと立体的になった。川端康成や井上靖らに推されて芥川賞を受賞した。

後半は作家の家族をモデルにしたと思われる作品が並ぶ。「団欒《だんらん》」は戦時中の母との思い出を、「伯林《ベルリン》日記」は小学校の校長だった父が戦前に行ったヨーロッパの視察旅行を題材にした。「桃李」は生まれ育った大阪から東京に引っ越した「私」一家の新生活を書く。きわだつのは六歳の明子の奮闘ぶりだ。引っ越した晩に泣きやまない二歳の文也を慰め、不平を言わず母を手伝い、小学校を受験する。「私」は受験のために雪のなか自転車を走らせたり、明子の悲しみを自分のことのように感じたりする。また、死んだ父を折にふれて思いだす。東京への移住や子供の成長によって、「私」は父の自覚を持ち始めたようだ。のちに書き継がれていく家庭小説の原点のような作品である。

『結婚』 河出書房 一九五五年

先の二冊から選んだ五編に「鶯ペン」を加えたアンソロジー（自選であるかは不明）。「恋文」は少年の、「流木」は青年の恋をみずみずしく描き、どちらも芥川賞候補になった。表題作はパン屋の職人と結婚した女性が主人公で、不倫や愛人といった生々しい話がどこかユーモラスに語られる。「舞踏」は夫の身勝手さと妻の淋しさを両面から書ききった、夫婦小説の代表作のひとつ。逃げ場のない関係に息が詰まりかけたところで、二階の巴里祭の場面に切り替わるのが鮮やかだ。「鶯ペン」は「私」が会社に縛られ家庭でも楽しめなかったころを回想する。そのあと会社を辞めたのか、いまも妻と一緒にいるのかは書かれず、はかなく終わる。

『ザボンの花』 近代生活社 一九五六年

春から夏にかけて日本経済新聞に連載された初の長編小説。東京郊外に住む夫婦と三人の子の日常を書く。特別なことはなくても生きる喜びを感じさせる、作家独自の家庭小説の幕開けである。毎日一回分の原稿を書いたことで、季節の変化や家での出来事を細かく記せたのかもしれない。ひばりの子、空想のアフリカ旅行、祖母の家での花火。母である千枝は家計の苦しさを嘆くけれど、この家族はとても豊かだ。父である矢牧は子供や自然の生命力に感心しつつ、墓参りの帰りに「いずれは、オレもあの墓の下に入るんだな」と呟く。その考えは夏のおわりのようにさびしい。だからこそ、一家の一度きりの夏がこんなにも輝いて見えるのだろう。

『バングローバーの旅』現代文芸社　一九五七年

短編集。「雲を消す男」は会社や家庭の悩みを抱えた男たちが、雲を消す秘技を身につけた博士を訪ねる話。「ビニール水泳服実験」は冬でもプールで泳げるように、二人の先生がビニールで水泳服を作ろうとする。矢島先生はプールで暮らすことを理想とし、プールのまわりにバラの苗を植えて、自然と連関した生活を送ろうとしているのだ。いずれも突飛な設定だが、書かれていることは作家の実感に基づいている。「薄情な恋人」「兄弟」「勝負」は少年時代の話。「机」は自分の机に執着する会社員たちの悲しくもおかしな姿を描いた傑作。表題作は結婚してアメリカに移り住んだミミコの帰国騒動を書き、旅や移住への興味をうかがわせる。

『ガンビア滞在記』中央公論社　一九五九年

書き下ろし。昭和三二年の秋から一年間、作家夫妻がアメリカのオハイオ州ガンビアに留学した記録である。外国生活の苦労や日本への郷愁はいっさい書かれず、アメリカと日本を比べもしない。まるで『ザボンの花』のような自然さで、目の前にある花や小動物、町の人たちとのやりとりなどを書きとめていく。特に隣人ミノー一家とのざっくばらんなやりとりが楽しい。あとがきに「考えてみると私たちはみなこの世の中に滞在しているわけである。自分の書くものも願わくばいつも滞在記のようなものでありたい」とあり、実際にそのような作品が書かれていった。ありふれた景色もいまここだけのものとして見つめる旅人の目が、本作で培われた。

『静物』講談社　一九六〇年

短編集。表題作はなかなか小説が書けずに苦しんでいたとき、佐藤春夫から助言を得て書き上げたという。家族の日常のエピソードのあいまに、「十年あまり前のある朝」、「家庭で起った出来事」が暗示される。「怖しい場面」「眠り続ける母」「返事をしない」「妙なものを着て寝てゐる」……断片をつなぎ合わせ、また過去の作品を思い返せば何があったか想像はつくものの、はっきりとはわからない。探るように読むうちに、ただの日常の描写までが不穏なものに見えてくる。薄い氷を踏んでいくような緊張感と、子供たちののんびりした会話のリズムが相まって、類のない世界が生みだされた。作家の仕事は本作でひとつの頂点に達したといえる。三島由紀夫や小林秀雄が賞賛し、近年では村上春樹による解読もある。「蟹」は夏休みに漁村の宿屋に泊まる三組の家族の話。くり返しが多くて間延びした独特の会話の文体は、このあたりで確立された。「五人の男」は男たちの風変わりなエピソードが羅列され、作家がどのような話を好むかがよくわかる。「相客」は兄が戦犯の容疑をかけられたという深刻な事件を扱うが、小説の主眼は食べ物の好き嫌いの話に置かれ、裁判の結果には触れられない。「イタリア風」はアメリカ滞在に想を得た最初の小説で、アンジェリーニ氏の離婚の謎は明かされずに終わる。傷や謎を抱えたまま生きていくためには、書くことと書かないことを厳しく選ばなければならない――そんな決意を感じさせる作品集である。新潮社文学賞受賞作。

『浮き燈台』　新潮社　一九六一年

書き下ろし長編小説。「私」がある漁村に出かけ、老人から遭難船の話を聞いたり「いそど」（海女）の漁を見たりする。「私」は一〇年間で一一回引っ越すことになったり、兄に株で損をさせて母を泣かせたりと不運続きだ。そんな「私」が、生まれたときから同じ村に暮らして人の生死を見てきた人たちにひかれ、仕事でもないのに通いつめる。この設定が面白い。執筆中に川崎の生田に引っ越した作家自身の、土地に根づくことへの憧れが反映されているのかもしれない。村の歌や言葉が耳に残る。以降、地方に通って聞き書きした小説が何編か書かれた。なお、舞台は志摩の安乗《あのり》であるが（随筆「志摩の安乗」参照）、作中には地名が出てこない。

『道』　新潮社　一九六二年

短編集。五編はアメリカの、二編は国内の紀行文である。「南部の旅」では、ガンビア滞在中にバス旅行に出かけた「私」が鰹節の入った握飯を食べる。パンでは元気が出ないので出発前に妻に握飯をつくらせ、鰹節は自分で削った。「私はオハイオ州にゐて、鰹節を音立ててかく時、一種やるせない気持に襲はれた」。カメラを忘れたり、白人専用の待合室に入ってしまってびくびくしたりもする。このような「気持」やトラブルは、『ガンビア滞在記』には書かれなかった。いかに書くことを厳選した「滞在記」であったかがよくわかる。表題作は「結婚」の後日譚で、作家にとって最後の夫婦小説。須賀敦子によってイタリア語に翻訳された。

『旅人の喜び』 河出書房新社 一九六三年

表題作は初めての雑誌連載となった長編小説。戦時中に学生生活を送った貞子はいま夫と五歳の子と暮らし、「結婚生活というものは苦しむことが多くて慰みが少い」と感じている。初めての家族旅行で一日じゅう昼寝をして満足して帰るところなど、生活の苦労と疲れを感じさせる。連載時は敗戦から一一年しか経っていなかった。それでも美容店や子供のヴァイオリンの稽古に行くのを楽しみ、笑って生きようとする貞子に、当時の読者は励まされたかもしれない。「ニューイングランドびいき」は「私」が横浜からサンフランシスコに向かう船のデッキで出会ったアメリカ人一家との交流を書く。「三つの葉」は大連で育った「わたし」の話。

『つむぎ唄』 講談社 一九六三年

雑誌に連載された長編小説。三人の男が章ごとに主人公となる。職業や家族構成は違っても、娘に背を抜かされそうになったり、亡くなった父母を懐かしんだり、急に白髪が増えたことを気にしたりする四〇代の男たちは人柄もものの感じ方も似ていて、みな作家の分身のようだ。秋吉は海に向かう汽車で「小学生の頃の夏休み」の喜びの名残を感じる。大原は飛行機から町を見下ろし、「天国へ上る階段」の途中で振り返れば地上の世界もまんざらではなく見えるかもしれないと考える。過去や未来から今を見晴らす視点が気持ちいい。毛利の娘の発表会と秋吉一家の宝塚観劇に出てくる「巻寿司」は、「秋風と二人の男」につながっていく。

『鳥』 講談社　一九六四年

短編集。表題作は生田に引っ越して二年後に書かれた小説で、生田の山道や、和子と明夫と良二という名の三人姉弟が初登場する。賑やかな日々でありながら死の気配も濃い。朝、布団をかぶって寝たふりをしている兄弟の姿から「彼」は「あの時、父は寝てゐる人のやうに見えた」と父の死を思い起こす。明夫の網にかかった頬白は一晩で死んでしまう。「彼」が歩いているると葬儀屋の親子が棺桶を作っている。一方で、父の形見の二重廻しを「細君」が直したハーフ・コートを和子が着たり、次に仕掛けた罠からは鳥がうまく逃げたり、葬儀屋の息子が笑いながら父親に話しかけていたりと、命が次の世代に引き継がれていくことを感じさせる。

『佐渡』 学習研究社　一九六四年

自選作品集。「芥川賞作家シリーズ」の一冊として、第三二回芥川賞選評も収録されている。表題作のみ書き下ろし。「日本の田舎」の「格別特色のない町」で一週間くらい暮らしてみたいと思っていた「私」に、佐渡に住む老人から思いがけない手紙が届く。「私」はその手紙にひかれて老人を訪ねていった。村に向かうバスを待ちながら、自分がいま佐渡にいることについて「不思議と云えば不思議で、何でもないと云えば何でもない」と考える。この感慨はほかの作品にも流れているようだ。初めて会った人と食事をして、村の歴史や軍隊にいたころの話を聞く。それを書くことで、偶然の出会いはかけがえのないものとして定着していく。

『夕べの雲』 講談社 一九六五年

夏から冬にかけて日本経済新聞に連載された長編小説。山の上の家に引っ越してきた大浦一家の日々をのびやかに描き、作家自身が「最も愛着のある作品」と語っている。家に来る豆腐屋や植木屋とのやりとり、晴子が一〇年間使っている机、安雄が初めてすったとろろ、風邪をひいた正次郎のために洗面器でくんだ柚湯。どこを見ても家族の声が聞こえてくるようだ。ただし、すべてが安泰というわけではない。丘の上に一軒だけ建った家なので、大風や雷が怖い。家族が歩き、遊んで親しんだ山は、団地を建てるために崩されて消えてしまった。ほかにもいろいろなものが終わり、消えた。夏休み、駅前で爺さんが売る梨、親子のお気に入りのテレビ番組。来年戻ってくるものもあれば、そうでないものもある。また、大浦は亡くなった父母を偲びつつ暮らしている。父がくれたお銚子を使い、母が得意だった徳島の寿司「かきまぜ」を「細君」につくらせ、仏壇がないので「ピアノの上にお供え」をする。自分の故郷から離れ、これまで誰も住もうとしなかった丘の上に家を建ててしまったことに不安を感じながらも「ここで少しでも早くひげ根を下」そうとしている大浦は、両親や先祖を拠りどころにしたいと考えたのかもしれない。一本ずつ植えた「風よけの木」が根づいて葉を広げたように、一冊ずつ出していった「山の上の家」の物語は晩年まで書き継がれ、豊かな森となった。読売文学賞受賞作。須賀敦子の訳によってイタリアで出版された。江藤淳らの批評がある。

『流れ藻』　新潮社　一九六七年

雑誌に一挙掲載された長編小説。木更津でドライヴ・インの支配人をしていた近雄は、会社をやめて妻の照代と鮨屋を始める。鮨だけでも忙しいのにうなぎ屋も出し、海の家もやりたがって、どんどん商売を広げようとする。飲みに行ったり野球をしたりと遊ぶのも忙しく、怒った照代が子供と実家に帰ってしまったこともあった。阪田寛夫の『庄野潤三ノート』によるとこれは聞き書き小説で、作家は生田から千葉の鮨屋に一〇回も通ったらしい。三人称の小説だが、近雄の喧嘩や飲酒運転といった危なっかしい話も、心配しつつ見守るように語っている雰囲気がある。自分で自分の仕事をつくりだす人間への共感、憧れを感じさせる。

『丘の明り』　筑摩書房　一九六七年

短編集。船や電車の場面が多い。乗り合わせた人と話したり、遠くの席の会話をきれぎれに聞いたり。隣の客が網棚にのせた細長い包みは釣竿かと思ったら、違うと言われた。正体はわからないままである。「秋風と二人の男」の「男」は作家と小沼丹のようだ。巻ずしの作り方、上着を着るか着ないか。小さくも大事な問題を丹念に書く。「蒼天」は「静物」の続編といえる。事件のあと苦悩する「彼」の両親や、火傷した足を引きずる「彼女」が痛々しい。兄や父の死、新婚時代、長女の成長などが断片を重ねて書かれ、夢と現実、過去と現在をさまようような不穏さがある。「卵」「丘の明り」は三人姉弟が登場し、素朴な会話に和まされる。

『自分の羽根』　講談社　一九六八年

第一随筆集。昭和三〇年から四二年にかけて書かれた九〇編が収められている。表題作の「私は自分の経験したことだけを書きたいと思う」「私は自分の前に飛んで来る羽根だけを打ち返したい」という言葉が有名。小説と同じエピソードが出てきたり、小説で秘されていた地名が明かされたりと、小説との態度の違いが興味深い。「おが屑みたいなのもまじっている」とあとがきにあるが、小説から削り落とされた貴重な屑だ。後半は作家論、文芸論が並び、作家が自分向きの小説を見つける勘の確かさを感じさせる。チェーホフ、ゴーゴリ、梶井基次郎。好きな豆腐や擂鉢を選ぶのと同じように、頭で考える前に自然に手にしているのだろう。

『雉子の羽』　文藝春秋　一九六八年

雑誌に一年間連載された長編小説。長さのまちまちな一七一章からなり、章によって視点が変わる。「蓬田」と「彼女」の章の舞台は主に路上や食堂である。魚屋、八百屋の行商の車や「土方」が出入りし、町に動きを生みだす。「女の子」と「男の子」の章は「夜、家の中で女の子が／男の子が話している」と書きだされる。出かけた先での話、学校の友達の話、鳥や魚や花の話。断片のあいだに季節は移り、工事は進む。家の中でのエピソードはひとつも書かれないのに、先の一行がくり返し出てくることで、夕食をとりながら今日あったことを話し合う家族の様子が目に浮かぶ。家族全員が、父の好みそうな話を胸に刻みながら暮らしていた。

『前途』 講談社　一九六八年

雑誌に一挙掲載された長編小説。真珠湾攻撃の翌年に九州帝国大学に入って箱崎で暮らした作家の、当時の日記に基づいている。一年上の「小高」は島尾敏雄で、お互いの下宿を頻繁に行き来した。毎日の食事や友人との会話が細かく記され、緊迫した時代にあっても若い作家が自分の生活を見失わなかったことがわかる。大阪に帰るたびに恩師の伊東静雄を訪ねたことや、仲間と同人誌を出そうとしたことはのちの『文学交友録』などにも書かれた。東洋史、旅行、ビール、女性などあれこれに心をひかれながら、一途に文学に打ちこんだ。最後は海軍に入隊する小高を見送って終わる。彼らには確かに「前途」があったことを知っていても、切ない。

『紺野機業場』 講談社　一九六九年

雑誌に一挙掲載された長編小説。「私」が北陸の安宅《あたか》に通い、織物工場を営む紺野という老人から話を聞く。『浮き燈台』や『流れ藻』と違って、紺野氏の口ぶりや聞き手としての「私」がそのままに書かれている。氏は安宅の歴史、織物の組合、関の明神さまについて、また一族や安宅の人たちの仕事や結婚、病気や人間関係について、自分のことのように、すべて見てきたかのように話す。どの話にも必ず人と、その人の言った言葉が出てくる。「私」が話を聞いているあいだにも客が来て、氏に相談や世間話を持ちかける。こうして語り継がれるうわさ話から、土地のしきたりや信仰、教訓などが伝えられてきたのかもしれない。芸術選奨受賞作。

『クロッカスの花』冬樹社　一九七〇年

「父のいびき」が四行。「犬の遠吠え」と「笹鳴《ささなき》」が八行。こんなに短い作品を、いかなる雑誌のどんな場所かわからないが、初出を洗い出し、函まである立派な随筆集にきちんと収録するのはすごいことだと思う。佳き時代というべきか。作者の自筆原稿に対するていねいさゆえなのか。そういえばこれら三編、いずれも生きもの（人間含め）の身体から発生する音声について書かれたものではないかと、ささやかな「発見」に喜んでいると、もう一つ「スタインベック「菊」」と題された四行が見つかってしまう。この四行がまた、長編優位の時代だからこそ短編が「一層光をますことになるのではないか」と書かれたエッセイなのだ。傑作である。

『小えびの群れ』新潮社　一九七〇年

一一作品を集めた短編集。ここではどうしたって「星空と三人の兄弟」について書きたい。

作家は、三人の子をめぐる作品を多数書いているが、これもそうした短編の一つで、子供たちの名前も他の著作と同じである。違うのは、大半が「こわがることをおぼえようと旅に出た男の話」というグリム童話の紹介と解説にあてられていること。八割以上が、庄野潤三によるグリム童話の周到なリライトになっていて、その時空間からふと現実に戻ると、空に一瞬、流れ星が現れる。流れ星は、こわがる、ということ、死、そして登場人物たちが今まさに生きていることをあざやかに照らしながら消えていく。繰り返し読みたい掛け値なしの名作。

『絵合せ』 講談社　一九七一年

庄野文学には、三人の子と細君、自身の五人家族の物語が複数あり、この創作集もその一つ。家族の日常は、事件性の少ない安定した世界のように見えるが、年かさの和子が結婚する（家を出る）ことで作られる欠落が心理的な地震のように揺さぶっていて、さざ波が生まれる。

表題作が象徴的だ。バラバラの絵札を合わせて絵を作り、点数を競う他愛ないゲームだが、長いこと家族で興じている。そしてこう書かれる。「この遊びは、五人でするのがちょうどいい。一人多くなると、欲しい札が誰のところにあるか、当てるのが難しくなるし、反対に一人少くなると、今度はすぐに分ってしまって、呆気なくなる」。

『屋根』 新潮社　一九七一年

馬喰《ばくろう》という職業を書いている。馬、牛、豚などを仲買する商人を指す言葉で、現在では差別用語に数えられている。もし復刊するとしたら表記に注釈が必要になったりするのだろうか。

家庭ベースの市民生活を描く作家、というのが庄野のメインイメージだろうが、戦争を体験した人であり、戦後社会からアウトローと見られがちな人々に話を聞く小説をいくつも書いている。『水の都』『引潮』がそうであり、この『屋根』がそうだ。もの書きの茂木は、深い敬意を持って馬喰に接し、取材し、自分は決して前へ出ない。だからこそ、どこかしら前近代の陰とあらくれ、そして潔さを体現した人々の生き方が、実にすがすがしく感じられる。

『明夫と良二』　岩波書店　一九七二年

男の子、というのはどんな存在だろうか。一人でなく兄弟で描かれることによって、ユーモラスなたたずまいや屈託までもが随所に結晶していると思う。ポイントは姉の和子。嫁ごうとしている（家族でありつつ別の家族を作ろうとしている）彼女からすれば二人とも弟である、という関係性がくすぐったい。彼女がまた、風呂敷包みに爪（子供時代の栄光の爪！）を隠して新居へ持っていこうとする茶目っ気の持ち主だ。三〇ある章タイトルの三分の一に「大むかで」「やぶかんぞう」など生物名が記され、野生との同居ぶりも見逃せない魅力。少年少女向けシリーズの一冊として刊行されたが、平易さにおもねることのない万人向けの傑作である。

『庭の山の木』　冬樹社　一九七三年

どこから読み始めてもいいのが随筆集の楽しさだろう。七〇編を収めるが、作家・庄野潤三のバックグラウンドが垣間見える「三人のディレクター」を取り上げよう。これは、若者のあいだで屈指に人気の高いテレビ局のディレクターがどんな仕事か、取材した体裁になっている。自身、朝日放送に在籍していたことがあるが、「新時代の人間でないことを自覚している筆者が見たテレビのディレクターの仕事に関する印象報告である」と謙虚に綴る。野球中継の際にディレクターが球場の中にいないことに驚きつつ（ではどこにいるか？　読んでのお楽しみ）、小説家として、そして元放送局員としての眼が捉えた仕事の生き生きした再現性の高さは見事。

『野鴨』講談社　一九七三年

うぐいす、四十雀《しじゅうから》、ひよどり、雉鳩《きじばと》、とらつぐみ……。作者自身を思わせる主人公・井村の家の庭にやってくる鳥たちは多様だ。今日はどの鳥が来ているのか。置いておいた牛の脂身は食べたのか。山から持ってきた木は元気か。無事にあの花は蕾をつけるだろうか。事件だとかクライマックスだとか、世間で耳目を集めそうなものの入り込む隙間などどこにもないくらい、微細で精妙な日常は、静かに休むことなく活動している。井村と妻、二人の息子、嫁いだとはいえ自転車で行き来できるほどの距離に住む娘、庄野潤三の小説ではすっかりおなじみのこれら家族の者たちによる小さくて豊穣な風景がこの小説のすべてだ。そしてそこに、ふと、時間が顔を出す。時間は過去の顔をしている。過去がその人たちを作ったのだから出てきて当然なのだけれど、それが若くして亡くなった井村の長兄の思い出ならば、時に夢として表れることもあるだろう。

小説終盤、「どうしてこのひとことがいいのか。或いは型通りであるかも知れないこの言葉が、井村の胸にしみじみと納まるのはなぜだろう」とある、その「ひとこと」をどうか、深く受け止めてもらいたい。先回りしてそこだけ読んでしまってもかまわないような、およそネタバレ的な意味とはまったく無縁のあまりにも平凡な言葉だが、できればやはりずっと読み進めてきて、最後にしかとそれをキャッチしてほしい。

大げさに言えば、その「ひとこと」こそが、庄野潤三という人の文学の核心だと思うから。

『おもちゃ屋』河出書房新社　一九七四年

あとがきで作者は、集めた九編の主題は「危険」であると書く。なるほどここでは沢からの転落があり、骨折やケガがあり、へびやねずみなど、日々に脅威と不快をもたらす生物たちがいる。けれどもそれらの「危険」はどれも大事には至らない性質も持っていて、出てくる生物たちも、他におんどりや甘えび、鰌《どじょう》、うずらなど、無害で静かな彩りを持ったものたちが多い。そしてユニークなのは、いずれの「危険」も妻や娘による語りを経由した又聞きであり、作者自身はなんら目撃してはいない、という点だ。「〜なの」「〜なんだって」と、女性たちが興奮気味に語るに任せ、それを本に定着させる役割に徹した、庄野版ナイン・ストーリーズである。

『休みのあくる日』新潮社　一九七五年

短編を一三と、掌編ばかり集めた「三宝柑《さんぼうかん》」を収める。二点書いておこう。一つは、電車の中での他人の会話を描写した短編が、表題作と「雨傘」と二編あること。これは庄野作品に時折出てくる特徴の一つで、電車が駅を経由していくあいだに会話からその場にいない第三者の存在が浮き彫りになったり、その人物をめぐる会話者の感情の片鱗が見えたり、匙加減がおもしろい。もう一つは掌編のこと。わずか二〇行ばかりの文章のつらなり、これは小説なのか、写生文なのか。掌編を読むことは、文章とは何か？　を考えるのに良いレッスンになると思う。「四月の雨」など、〝ああ、傘とはまさしくこういうものだ〟と納得させせられてしまう。

『鍛冶屋の馬』 文藝春秋 一九七六年

作家自身の家族を思わせる人物たちが登場する作品は多々書かれてきたが、これもその一つで、一一編からなる連作短編集。嫁いだものの実家とは自転車で往復できる距離にいる和子が主要な報告者になり、三軒だった借家の並びが倍の六軒に増えたことによる交流や噂話などが、四季の流れに乗って展開する。当事者が目の前にいなくて、報告者の「語り」で物語があちこち蛇行しながら進んでいくのは庄野文学独特のスタイルの一つで、この本は特にその見事な間接性が面白い。そして例えば「草餅」と題された章で、草餅は確かに出てくるが中心的な題材でも何でもなかったりして、そのあたりの言葉の掬い取り方がまた不思議。

『イソップとひよどり』 冬樹社 一九七六年

雲雀《ひばり》。小綬鶏《こじゆけい》。ひよどり。雉鳩。作家にとって鳥とは、仕事部屋に居ながら鳴き声が聞こえる、もしくは庭先にやってくる生物のことである。たっぷり自然を残していた頃に多摩丘陵の一角に住み始め、やがて周辺が宅地開発されていく中でそれでも野生の「山」の厳しさとやさしさを残している場所に住まいながら、野生と人の営みの境界線上に、作家は鳥を見ている。もし本書を開くなら、まずぜひ八七ページから七ページ続く「小綬鶏」を読んでみてほしい。人間ならざる生きものに対し、耳を澄ませることでこの作家が何を発見するのか。その好奇心の率直さ、手つきの繊細さ、推測の注意深さに、打ちのめされる。

『引潮』 新潮社　一九七七年

書名や作品タイトルを列挙するとわかるが、庄野潤三は「水」の作家である。瀬戸内のある島からめったに外に出ることのない「倉本平吉さん」は、夏は田んぼ、冬は漁に出る生活を長年繰り返し、際立った事件性は何もない。しかし来し方を聞いてみると、船の沈没や戦争により、生死のあわいをさまよった人だということが明らかになる。

現在の平穏な日常の中に過去の苛烈さが島影のように立ち上がり、そして語りのうつくしさ、見事さのなかでそれらの恐怖がまた霧のように現在に囲まれて遠ざかる。それは、登場人物をして繰り返し語らせる、波のような語りの「引潮」がもたらす至福の時間である。

『水の都』 河出書房新社　一九七八年

例えばヴェネツィア。アムステルダム。河川や水路が特徴的な街として有名だが、日本にも「水の都」はちゃんとある。大阪だ。「私」は大阪出身ながら生家は郊外にあり、家庭を持ってからは東京暮らしで、大阪の街中の匂いを知らない。そこで妻の従弟の「悦郎さん」に、昔日の大阪を語ってもらうことを思いつく。商家の日常が克明に描かれ、地名や固有名詞が頻出すればするほど、なぜだろう、時間も空間も突き抜けて、むしろ淡いファンタジーの世界に迷い込んだような感触に包まれる。ここで描かれる「水」は河川はもちろん、茶であり、吸い物であり、銭湯であり、それらはこの小説のちからによって、過去から現在に向かって流れてくる。

『シェリー酒と楓の葉』 文藝春秋 一九七八年

一九五〇年代に『ガンビア滞在記』で書いた日々のことを、二〇年近く経って当時の日記を見ながら綴った本。詩人のランサムさんはじめ多くの人々との交流が描かれるが、光を放つのが人ならざるものの存在。例えばタイトルにもあるシェリー酒。日本でなじみの薄い酒だが、シェリー酒の中で最も安価な銘柄を人々は大いに飲む。楓の葉。手紙に添えて日本の知人に送った葉が、植物図鑑で見たところ、二〇種類以上はある日本の楓の葉のいずれにも該当しないことが明らかになる。ラックーン。冷静に考えれば「あらい熊」のことだとわかるが、それはやはり日本のあらい熊ではなく、ラックーンと書かれなければならない何者か、なのだ。

『御代の稲妻』 講談社 一九七九年

庄野潤三の随筆集の中には共通した名前が度々見られ、敬意の深さに打たれる。「あとがき」の言葉を借りれば「目次を作っていて、ラムやチェーホフ、伊東静雄がどこかに入っているのが分ると、たとえほんの僅かな分量のものであっても心賑やかになる」といった具合だ。

その中で書き留めておきたいのが十和田操。新刊はむろん、古書でも入手困難な作家だ。しかしそのワン&オンリーな魅力について庄野は何度もエッセイに書いていて、埋没させてしまうにはあまりに惜しい。時折見つかることがある『十和田操作品集』(冬樹社)をぜひ探してもらいたい。巻末に「十和田操覚え書」を書いているのはむろん、庄野潤三である。

『屋上』 講談社 一九八〇年

一六の短編を収める。連作ではなく、五年ほどのあいだにバラバラに書かれたものを集めているから、どこから読んでもかまわない。表題作の「屋上」に集中してみよう。一人称の「私」でなく、固有名のある誰かでもなく、庄野作品にしばしば登場する井村家の人々でもなく、ただ「彼女」とだけ書かれる女性が主人公。わずか一一ページの中に、エレベーターの操作と屋上の位置に関する二つの戸惑いが訪れ、無人と思われた屋上に「彼女」以外の二人の人物が現れる。建物（日常）の一部でありつつ、半分は空（日常ならざるもの）でもある「屋上」という場所では、待ち合わせとは別の仕方で、世間から外れた時間に生きる人と人が交錯する。

『ガンビアの春』 河出書房新社 一九八〇年

作家・庄野潤三にとって、人口わずか六〇〇人のアメリカの町・オハイオ州ガンビアで過ごした日々は決定的だった。まず『ガンビア滞在記』に結実し、歳を重ねてから日記をベースに思い出を綴る『シェリー酒と楓の葉』『懐しきオハイオ』と続き、そしてこの本は二〇年ぶりに再びガンビアに招待された、いわば『ガンビア滞在記2』ともいうべき内容である。

日本にいる時には考えられない頻度で、作家は多くのアメリカ人と交流する。行動的だからではない。見たいからだ。宴席で身元保証人は紹介する。「ミスター庄野は教師として来たのでもなく、学生として来たのでもない。氏はわれわれの生活を観察する人としてここへ来た」。

『早春』 中央公論社　一九八二年

四年前の『水の都』と兄弟のような本で、『水の都』が大阪物語ならこちらは神戸物語。妻の従弟が語り手になり、町の昔日の姿を「私」に聞かせてくれる点も共通している。クラスメートと再会したり、香港出身の貿易商が出てきたり、神戸語りの多重奏が新しい。

注意したいのが一九八二年という刊行年で、ポートアイランドの第一期（北側）が竣工したのが八一年だから、その直後なのである。つまり作家は、六甲山の土砂で瀬戸内海の一部を埋め、人工の島を作ることを最新のニュースとして見聞きしながら、神戸の歴史と、そこに居た人々、そして戦争で散ってしまった旧友たちに思いを馳せていることになる。

『陽気なクラウン・オフィス・ロウ』 文藝春秋　一九八四年

ロンドンを中心とした旅行記。訪ねるのは、作者が深く敬愛するチャールズ・ラムの足跡だ。『エリア随筆』で知られる英国の名文家こそが見えざる主人公。ラムの残した書簡などが随所に挿入され、彼に対するあこがれと尊敬の熱は、隅々までこの本の中に充満している。

同時に大切なことは、ラムに関心のない人にも楽しく読める要素がたくさんあることだ。一つ。巷で不味いものの代表のように言われているかの国の食事が実においしそうに書かれていること。一つ。朝目覚めた時から書き起こされる時系列の日記風の文章の楽しさ。一つ。庄野文学でおなじみの子供たちが不在で、妻の姿が鮮明に描写されているそのうつくしさ。

『山の上に憩いあり』 新潮社　一九八四年

河上徹太郎と福原麟太郎。敬愛する年上の文学者二人を書いた随筆集。庄野潤三が「山」と書けばすなわち自身が家を建てた生田の山ということになるが、河上徹太郎の家は隣の柿生村にあった。家族ぐるみの付き合いを描く際、しばしば著者の娘のメモが引用されて面白い。河上は猟を好み、鉄砲をかついで山を歩き、その後ろを庄野家の家族がついて行く。「鳥を撃つなんてイヤだな」と、読者として生温いことを考えていると、著者はむろん「鳥がかわいそうだ」などと偽善的？　なことは書かないが、長女のメモの中に「本当のところは小綬鶏に鉄砲のたまなど当らない方がいいと思っている」という記述を見つけてホッとしたりする。

『ぎぼしの花』 講談社　一九八五年

第六随筆集。還暦前後に発表した七七編を収める。「自分が興味を惹かれるものがある。それが無かったらお手上げだが、幸い身のまわりにある。ただし、それはばらばらのままで、繋りが無い。また、無理に繋りをつけたくはない。そんなふうにすれば、本来の面白みをたちまち失ってしまうからだ。では、どうすればこのばらばらで、順序のないものに一つの芸術的な纏《まとま》りを与えることが可能であるか」（「原稿の字と小説の主題」）。庭にやってくる様々な鳥。机にしまってあるたくさんのメモ。晩年の連作への歩みはすでにはじまっている。尾崎一雄や近藤啓太郎、井伏鱒二などの書物を評するとき、作家の文学的な位置はより鮮明になる。

『サヴォイ・オペラ』河出書房新社　一九八六年

異色作といっていいだろう。「十九世紀後半の英国で大変な人気を集めたサヴォイ・オペラ」について記した一冊。作家は敬愛する福原麟太郎の書物によって、このオペラの存在を知る。ウィリアム・シュウェンク・ギルバートが書いた脚本に、アーサー・サリヴァンが音楽をのせたこの一連のオペラ・コミックについて書くことは、作家が愛したユーモアの源泉を探ることでもあった。「ちょっぴり詩が無けりゃこの世は味気ない」と海賊の親方がうたう音楽喜劇がどのように誕生し、どのように人気を博したか。豊富な文献をもとに、当時の英国と、二人の天才の仕事の様子を詳らかにしていく。図版多数。

『世をへだてて』文藝春秋　一九八七年

一九八五年の秋、作家は脳内出血で倒れる。「おじいちゃんと民夫（末の子）のどちらが早く歩き出すかというのが一家の話題になっていた」日々のこと。大活躍するのは、満一歳の民夫の母である和子。左半身が麻痺したの父のために子をおぶって病院に通い、病室をにぎにぎしくするために、小田原提灯を買ってきてベッドに飾る。作家は自身の心の揺れを見つめるよりも、家族の心を見つめ、病室で過ごす他の人々のことを見つめる。同じ病とたたかうアメリカ人のヘンリーさん。誰よりも車椅子を動かすのが上手い吉岡さん。この連作随筆は、作家が入院した翌年の夏から翌々年の夏にかけて、「文學界」に掲載された。

『インド綿の服』 講談社 一九八八年

足柄山に家を建てて移り住んだ長女一家の七年間の物語。晴れた日には遠くに小田原の海が眺められ、ムササビが飛びかう雑木林の中から、「足柄山からこんにちは」ではじまる手紙が届く。宛先は「生田の丘の親分さん」だ。

『夕べの雲』が、かつて生田の山の上に移り住んだ家族の物語であったのに対して、『インド綿の服』はそれと対をなす長女版、足柄山版といった作品である。かつて多摩丘陵の自然豊かな環境でのびのびと育った長女は三人の子供の母になっており、作中で新たに末の子が生まれる。畑で野菜を作ったり、薪ストーブのための薪を山の中から集めてきたりと忙しくもいきいきと暮らす生活の様子が、ユーモアたっぷりの手紙で両親に伝えられる。「ニワトリはこの頃、ソトトリと呼びたいほど、遠くまで遊びに行ってしまいます。卵は一日、二、三個。そして近所の人に、稲村さんの家のニワトリ、スキップしているわといわれるくらい、飛んだり跳ねたりしていいます」といった具合に、情感豊かな手紙はそれだけで楽しい。

また「足柄山の春」には、脳内出血で入院した庄野が退院後にリハビリのために毎日散歩をする様子が書かれ、そこに廊下の端から端まで七一歩で歩く末っ子の民夫の姿がくらべるように描かれている。入院中、どちらが早く歩きだすかということで一家の話題になった二人だ。大病した身と新しい命が時の流れのなかに重ねられ、切なくもユーモラスな作品になっている。

『エイヴォン記』 講談社 一九八九年

『インド綿の服』と並び、作家の大きな転換期をなす長編エッセイ。文学的技巧や、つくりものの感動からは遠く離れ、生きる喜びにあふれる。それは大病から快復した作家が見つけた風景でもあったろう。新しいヒロインである孫娘のフーちゃん。近所の清水さんが届けてくれるさまざまな花。作家は花の名前をひとつずつ覚えながら、『猟人日記』や『トム・ブラウンの学校生活』など、古くから親しんできた小説を再読する。そのあらすじと読書にまつわる思い出。「これまでに私が読んださまざまな物語が、また、私を毎回助けてくれた」。懐かしい読書と花と孫娘に導かれて、作家の輝かしい晩年がはじまる。

『誕生日のラムケーキ』 講談社 一九九一年

第七随筆集。大病の前後に発表された七五編を収める。三〇〇字に満たない太田治子への祝辞から、新聞で連載されたラグビーにまつわるエッセイまで、バラエティに富む。繰り返される伊東静雄、井伏鱒二、福原麟太郎、チェーホフらへの思い。本作では、島尾敏雄、草野心平、山本健吉、井上靖などへの追悼文も多い。出色は表題作にもなった冒頭の連作エッセイ。『エイヴォン記』の続きであり、『鉛筆印のトレーナー』への序章でもあり、『インド綿の服』の名残りもある。「今年もまたお達者でお誕生日の佳き日を迎えられたことをお喜び申し上げげやす」という長女からの手紙を喜ぶのは、作家と、庄野文学を長く読み続けてきた読者だ。

『懐しきオハイオ』 文藝春秋 一九九一年

『シェリー酒と楓の葉』の続き。一九五八年の一月一日から七月二一日までのガンビア滞在を振り返る。老作家は感傷をしりぞけて、懐かしき日々を再体験するかのように、一日の出来事をこまやかに綴っていく。「三月二十六日、水曜日。サトクリッフさんのクラスは、今日から『リア王』。本が見つからず、読んでいないので、ぼんやり過す」というように。アメリカの友人、隣人たちと買い物に行き、ともに映画を見、湖を訪ね、食事をする暮らし。日本からの便りも頻繁に届く。作家が残した書籍のなかでは最長の六四九ページを誇る。彼の地に暮らす一人ひとりの命と輪郭がくっきりと心に残る。

『葦切り』 新潮社 一九九二年

最後の短編集。一九七四年から八六年の一三年の間に発表された作品を収録。『流れ藻』『紺野機業場』の系譜に連なる表題作ほか、近所の床屋さんの話など計六編。盟友・阪田寛夫は『紺野機業場』を評するとき、作家が「ここでまだ生きている何か床しくてひろがりのあるものに触れた」(『庄野潤三ノート』)と書いた。表題作もまた同じ。河川管理の仕事に長年携わる「篠崎さん」の話を耳を澄ませて聞く。すると「ひろがりのあるもの」が見えてくる。それは時代であり、自然であり、人生のようなものだ。小説をつくるのではなく、耳を澄ませて聞く。メモをとる。そうしたスタイルによって、作家は独自の文学を築き上げた。

『鉛筆印のトレーナー』 福武書店　一九九二年

「山の上」での生活を文芸誌に一年間連載し、それを一冊の単行本としてまとめる。そのことが作家の晩年のスタイルを決定づけた。それらは「長篇小説」と銘打たれているが、随筆のようでもあり、日記のようでもある。綴られているのは、何月何日の出来事ではなく、「今日」のこと。または「昨日」のこと。その一回性の連なりが小説に豊かな時間をもたらす。『鉛筆印のトレーナー』は記念すべきその最初の一冊。孫の「フーちゃん」が四歳から五歳になり、幼稚園に通う日々のこと。「山の上」での暮らしと、「山の下」に暮らす長男と次男の家族、そして足柄に住む長女の家族との日々の行き来がこの小説のすべてといっていい。

『さくらんぼジャム』 文藝春秋　一九九四年

『エイヴォン記』『鉛筆印のトレーナー』に続く「フーちゃん」三部作の最後。次男一家は「山の下」を離れ、隣駅の読売ランド前に越す。「車の方へ行くミサヲちゃんとフーちゃんのうしろを歩いているうちに、不意に顔がくしゃくしゃくしゃになり、泪が出そうになった」。作家は抽象的な記述を退けて、具体的な記述に徹する。そうして舞台に現れるのは、近所のスーパーマーケットの「OK」や「ローソン」、フーちゃんが好きな「セーラームーン」などだ。このあたりから「山の上」の情報はより具体的になっていく。おなじみの場所とおなじみの人々。その世界に四季がめぐる。色とりどりの花と食べ物。それらに包まれて子どもたちは成長していく。

『文学交友録』 新潮社　一九九五年

晩年の傑作。心に残る作家たちとの「有難いめぐり合わせ」について、思いを凝らして描く。恩師伊東静雄との旅や、九州帝国大学時代に「目と鼻の先」に下宿していた島尾敏雄との日々はいつまでも瑞々しい。上京したときに東京駅のホームに迎えにきた吉行淳之介や安岡章太郎らの姿も忘れがたい。作家にとって、さまざまな人との交流を描くことは、そのまま文学自叙伝を綴ることでもあった。「のびやかな、読む人を楽しくさせるような小説を書きたい」と願っていた青年が年を重ね、崖の坂道の途中で兄英二を悼むときまで。心温かい人たちの記録。はじめから読んでも、どこから読んでもおもしろい。

『散歩道から』 講談社　一九九五年

庄野潤三の随筆集は、どれも「Ⅰ」「Ⅱ」「Ⅲ」と三つの章に分かれている。「Ⅰ」は日々のことなど。「Ⅱ」は書評など本にまつわるもの。「Ⅲ」は作家の印象や回想。例外はあるが、発表されたすべての随筆集は、おおよそそうした原則にのっとって、作者の手によって並び替えられている。この第八随筆集で際立つのは「Ⅲ」の充実ぶりだ。九編のうち六編が、九三年に亡くなった井伏鱒二の思い出で占められている。最初の出会いから、弔問の日まで。「今はもうこの世におられない井伏さんに向って、何とあいさつをすればいいだろう。黙って、その写真のお顔を見ていたら、いくらか気持が落着いて来た。眠れるかも知れない」。

『貝がらと海の音』 新潮社　一九九六年

『文学交友録』は一九九四年の一月から一二月まで「新潮」で連載された。その翌年に「新潮45」で連載がはじまったこの作品もまた、一月から一二月までの連載だった。「もうすぐ結婚五十年の年を迎えようとしている夫婦がどんな日常生活を送っているかを書いてみたいという気持」からはじまったこの晩年の連作は、同じ一年間のサイクルで、実に一一年ものあいだ続く。この他に類を見ない長い仕事が、たくさんの新しい読者を開拓した。本作のタイトルは孫娘のフーちゃんの言葉から。「貝がらを耳に当てると、海の音が聞えるの」。その貝がらは近所の清水さんが「ビニールのさげ袋に入れて分けてくれた」もの。文庫版の解説は江國香織。

『ピアノの音』 講談社　一九九七年

このあたりから、文章はさらにゆったりと進む。「私の散歩道には、公園のさくら、小学校のさくら、団地の集会所のさくら。さくらがいっぱい。それがいまどこでも、はらはらはらはらと散るのである」というように。改行後の文章の冒頭に名詞を置き（または「○○のこと」と書いて）、句点を打つのもこのころの特徴。「かりん。」「山もみじ。」「みやこわすれ。」「ピアノのけいこ。」「ハーモニカ。」「すみれ。」最終章の見開きページをすこし書き写してみるだけで、晩年の作品世界の小さな写し絵となる。連作の作品を彩るさまざまな音楽が前面に出てくるのも本作から。夕食後に夫はハーモニカを吹き、妻はその演奏に合わせてうたう。

『せきれい』 文藝春秋　一九九八年

「山の上」の夫婦の日常の時間にしるしを与えるものは無数にある。それは花の開花であり、鳥の来訪であり、孫たちの成長であり、長女からの手紙だ。それらを見逃さずに書き留めることで、小説内に豊かな時間が流れる。こうした日記のような小説を書くきっかけは、『エイヴォン記』で登場した孫娘のフーちゃんだったが、晩年の連作では、妻の「ピアノのおけいこ」がそれにあたるのかもしれない。「長女が中学のときに弾いていた」ピアノをつかって、妻は夫の書斎で練習曲を弾く。それを聞いて、「いいなあ」と言葉をもらす日々。一九九六年の夏の終りから翌年の春までの記録。タイトルはブルグミュラーの練習曲から。

『野菜讃歌』 講談社　一九九八年

庄野文学の特徴のひとつとして、食べ物の記述が挙げられる。比喩を凝らすのではなく、その日のテーブルになにが並んだかを書く。「おいしい。」と書くことも忘れない。それだけで、どういうわけか、こちらも食べたくなる。表題作は、その食べ物に関するエッセンスが詰まった好編。「大根はおろしたのもいいが、とろとろと煮たのものいい。箸で取ろうとすると、かたちが崩れるくらい、やわらかく煮た大根がおいしい」。その他、小沼丹への追悼文や、おなじみの「ラムの『エリア随筆』」など。また、この第九随筆集には例外として「Ⅳ」があり、日本経済新聞に連載した「私の履歴書」が収録されている。庄野潤三入門にも最適な一冊。

『庭のつるばら』 新潮社　一九九九年

本作では日常とは異なる出来事が三つ描かれている。ひとつは、孫の婚約。ふたつ目は、作家の喜寿を祝うために四家族一五人で出かけた、二泊三日の「伊良湖大旅行」。みんなで海で泳いだり、ホテルで食事をしたりすることが、連作を読んできた読者にとっても、忘れられないシーンとなる。三つ目は、近所の清水さんの急逝。『エイヴォン記』で作家の創作を導き、以降ばらを届けてくれる魅力的な人として、すべての小説に登場する清水さんが、肺がんで亡くなる。最晩年の連作は「夫婦がどんな日常生活を送っているか」を描くことを主としているが、この親しい人の突然の死によって、日常のかけがえのなさが鮮やかに浮かび上がる。

『鳥の水浴び』 講談社　二〇〇〇年

ある日のこと。孫の誕生日に「何が欲しいか」を訊ねると、孫は「ビーダーマン爆外伝」とおもちゃの名前をいう。「へんなおもちゃが出来たものだ」と老作家は思う。けれど、それから「妻と私との間で、『ばくがいでん』がはやり言葉になった」。「何かしら驚くことが起ると、すかさず」、「ばくがいでん」という。晩年の連作の魅力のひとつは、このようなユーモアだろう。老夫婦のなかでだけで共有されている些細な出来事が、小説をとおして、読者にそっと差し出される。「今年最初のばらが咲きましたので、何はともあれ、お持ちしました」と花を届けてくれるのは、亡くなった清水さんの旦那さん。「山の上」の日々は続く。

『山田さんの鈴虫』　文藝春秋　二〇〇一年

フーちゃんは中学一年生になり、「山の下」の長男一家は、歩いて三〇分ほどの距離にある「西長沢」に引っ越す。かつてのように孫たちが頻繁に遊びにくることはなくなったが、犬やうさぎやたくさんの鳥の訪問によって、「山の上」はいつまでも賑わしい。本作には「大人の腕の肘から先くらいの長さ」の大きさの蛭《ひる》も出てくる。「これは一見の価値ありますす」と妻にいわれて、公園まで一緒に見にいく。気になるので、もう一度見に出かける。妻が「おともだーち」と呼ぶのは、近所の山田さんがくださった鈴虫。「帰宅して、鈴虫のかごを置いてある玄関の電燈をつけると、鈴虫がうれしそうになき出した。『お帰りなさい』というふうに聞えた」。

『うさぎのミミリー』　新潮社　二〇〇二年

「私たちが多摩丘陵の一つの生田の山の上に家を新築して東京練馬の石神井公園から引越して来たのは、私が四十歳の年の春四月のことであった。その私が今は八人も孫のいる、八十近いおじいちゃんになっている」。庄野潤三の文学が多くの人を惹きつけるのは、そこにゆっくりとした、たしかな時間が流れているからだろう。現実世界とは違う時間に身を委ねることが、読書のいちばんの魅力だとすれば、「山の上」の世界の住人になったような気持ちで、この晩年の連作を読むことは、読書の最上の経験といえるのかもしれない。作家たちが山の上へ越してきたのは一九六一年。四〇年経っても芽をつけ、花を咲かせるのは、「英二伯父ちゃんのばら」。

『孫の結婚式』 講談社　二〇〇二年

「最後の随筆集」という読み方は適切ではないのかもしれない。けれど、この随筆集に収録されているのは、老作家が生涯わすれなかったことばかりだ。「小説は何かの思想や理念を表すものではなくて、わが手でなでさすった人生を書いてゆくものでしょうね」という恩師伊東静雄の言葉。スランプ状態から抜け出す手がかりとなった、佐藤春夫のアドバイス。「のちに作家となる私が、日常生活の何でもないことをとり上げて書くのを好むようになった」きっかけとして紹介されるイギリスのエッセイストたち。その他、「若き日に私の手を取って憧れていた文学の世界に導き入れてくれた」林富士馬への追悼文などを収録。

『庭の小さなばら』 講談社　二〇〇三年

連作八作目。老作家が宝塚のファンになったのは、東京へ越してきてから。友人阪田寛夫の次女が宝塚に入団し、彼女に「大浦みずき」という芸名をつけたことが大きなきっかけとなった。晩年の連作を彩るのは、花と鳥とピアノとハーモニカであるが、宝塚の存在も見逃すことはできない。本作を例にとると、公演を見にいく記述が実に八回も出てくる（そのうちふたつはすでに宝塚を退団した女優たちの公演）。読者を楽しませてくれるのは、その舞台の内容というよりも、観劇後の食事だろう。井伏鱒二が愛した大久保の「くろがね」や、銀座の「立田野」、ニュートーキョーの「さがみ」での料理の記述は、何度読んでもたのしい。

『メジロの来る庭』　文藝春秋　二〇〇四年

夫婦がガンビアに滞在していたときに、子どもたちの面倒をみてくれた「妻の母」が亡くなる。その「お見送り」のために、老夫婦はふたりで広島へ出かける。一日目は無事に終わり、二日目の火葬は妻がひとりで参列する。その間、夫はホテルのベッドでよこになって待つ。そのときの様子を、老作家は次のように記す。「入口のドアがあいて、妻が入って来たときはうれしかった。間に合うように帰ってくれた」。その妻は毎夕食後、夫が好むデザートをいくつも用意する。それらを並べて、「何にしますか？」と聞き、夫の答えを聞いて、「そうだと思った」という。この妻の日々の支えがあってこそ、庄野潤三の文学は長く続いた。

『けい子ちゃんのゆかた』　新潮社　二〇〇五年

二〇〇二年の九月から翌年の三月までのこと。その間にふたり目のひ孫が生まれる。「山の上」での日々は永遠に続くようにみえるが、文庫版の巻末では、作家が脳梗塞で倒れたあとの最後の日々が、長女の筆によって描かれる。長男一家が庭に家を建てて、老作家を見守っていること。休みの日になると、次男が来て「退院する時習った『家族のするリハビリ』をして」くれること。そして夜になると、長男が「夜の点検をしに入ってきて、父をベッドに寝かせ、母が帝塚山学院の旧校歌を歌って『おやすみなさい。』を言って一日が終」ること。そこには寂しさはない。庄野潤三の文学の源泉であった、たくさんの家族がいる。

『星に願いを』　講談社　二〇〇六年

文芸評論家の高橋英夫は「私小説は酒、女、病を描くもので、作者のこだわるもの、ネガティブなものが眼目だが、庄野氏は自分の好きな、気に入ったものだけを描いた。だから作品の背後に強烈な切り捨て、頑固な意思があるのだ。このように日常性の聖化を表現し切った氏に心残りはなかったであろう」（「読売新聞」二〇〇九年九月二五日）と追悼文を寄せた。晩年の連作を「小説」と呼ぶゆえんはここにあるだろう。「好きな、気に入ったものだけ」を繰り返し描くことによって現れる、心地よい小説のリズム。連作の最終巻となる本作も同じ。庭には毎年つぐみがやってきて、夏になると浜木綿《はまゆう》が咲く。

『ワシントンのうた』　文藝春秋　二〇〇七年

最後の連載。夫婦の日常ではなく、「これまであまりとり上げたことのない」幼年時代から『夕べの雲』のころまでを描く自伝。『文学交友録』の文体とは異なり、晩年の連作のスタイルで、ゆったりと描かれる。小学校六年生のころに友人の家庭教師をつとめていた女性にラブレターを書いた思い出が、芥川賞候補にもなった短編「恋文」にそのまま生かされているというエピソードや、「プールサイド小景」の誕生秘話など、自著にかんする話も多い。また、ところどころで、晩年の連作の登場人物たちのその後についても言及している。「よく尽してくれた友」阪田寛夫は、庄野潤三より一足早く、二〇〇五年に亡くなった。

『逸見小学校』 新潮社 二〇一一年

『逸見小学校』は庄野が亡くなってから自宅の書斎で発見された作品である。執筆されたのは文壇デビュー以前の昭和二四年で、その後、折に触れて推敲していた跡があるが、生前は発表されなかった。舞台は太平洋戦争末期の緊迫した情勢下で、配属先が決まるまで逸見小学校で待機を命じられた兵士たちのひと月ほどの生活が描かれている。

本書『山の上の家』に収録されている「青葉の笛」は、庄野が軍隊時代に特別攻撃隊に任じられた実際の経験が作品化されたものだが、『逸見小学校』は時期的にその後の出来事にあたる。海軍少尉に任官した庄野はフィリピンへ赴任するため佐世保へ向かっていたが、日本軍がフィリピンで米軍に敗北したため配置変更がなされた。人間魚雷による特別攻撃隊要員として広島の大竹潜水学校行きが命じられたものの、その後、幸運にもさらなる配置変更を受けて館山の砲術学校へ赴任した。ここで庄野隊を編成し、伊豆半島で砲台の建設にあたっている最中に敗戦を迎える。館山で庄野隊を編成したのち、伊豆に配属先が決まるまでの出来事が『逸見小学校』には描かれている。

敗戦まで半年をきっており、戦局は悪化の一途を辿っていた。ひとたび配属先が決まって出撃してしまえば、おそらく生きては戻れないと誰もがわかっている。そんな状況下でサッカーやドッヂボールに興じる兵士たちの穏やかな生活は、激動の時代のエアポケットのような光景として映し出され、読む者の胸を打つ。

年譜のかわりに

私は大正十年二月九日、大阪南郊の帝塚山に父貞一、母春慧の三男として生れた。上に鴎一、英二の二人の兄と姉滋子がいた。（「私の履歴書」）

＊

私にはすぐ下に弟四郎がいた。「四郎ちゃん、四郎ちゃん」といって、一緒に遊んだ。四郎も私になついて、私がうらの畑の方へ遊びに行くと、ついて来た。この四郎が私が学院小学部に入った年、父の洋行中に疫痢にかかって死んだ。僅か二日の病いで、急なことであった。三歳で亡くなった。（「私の履歴書」）

＊

小学二年の日記が残っているが（親が取っておいてくれたのだろう）、夏のころになると、私の関心はもっぱらとんぼ取りに向けられているように見える。

いまでも私は、散歩の途中に田圃や池のそばを通って、

「つながったとんぼが、とまりたそうな場所がある」

と思うことがよくある。（「家にあった本・田園」）

＊

五年のときに八キロの遠泳に合格した。それで私は東京に移り住んでから、毎年、夏になると、子供を連れて千葉の太海海岸へ行き、子供らに海に親しませた。（「私の履歴書」）

＊

伊東静雄は、私の学んだ中学の国語の先生をしていた。私は一年の時に習ったが、病気で一年休学したために、それから卒業までずっと教わる機会がなかった。

しかし、その授業はきびしく、教えかたにはたしかにほかの先生と違ったところがあった。（「伊東静雄の手紙」）

＊

中学一年の冬に腎臓炎になって学校を休学していた時、豪州のラグビー・チームが来た。父は私が絶対安静を命じられて寝たきりでいるのをあわれんで、豪州チームとの対戦の写真をいっぱい載せたアサヒ・スポーツを買ってくれたので、私は球を抱えて突進する選手の姿に胸をおどらせた。（「兄の手紙」）

＊

私は大阪外国語学校の英語部に昭和十四年に入学したが、一年の教科書で現代のイギリスを代表する随筆家のアンソロジーを読み、A・G・ガーディナーやロバート・リンドといった人たちの書くものに興味を覚え、日常の些細な事柄に目をとめ、短文のなかに人間の世界のゆたかなひろがりを感じさせる英国独自の文学の形式に心を惹かれた。

ガーディナーやリンドもいいが、何といっても行き着くところは、イギリスの随筆のいちばん高い峰、チ

ヤールズ・ラムの「エリア随筆」だ。私は心斎橋の丸善でエヴリマンズ・ライブラリーのこの本を見つけて胸を躍らせて買った。（「丹下氏邸・エリア随筆」）

＊

本屋で『現代詩集』三巻の中に住中で一年のときに国語を受持ってもらった伊東静雄先生の名前を見つけて驚いた。萩原朔太郎、三好達治といった人たちと並んで先生のお名前がある。河出書房から出た、特製のきれいな本で、私はよろこんで買って帰った。伊東先生のは、難解な作品が多いが、一読いいなと思うのもあった。うれしかった。

その数日後、学校の帰りの上町線の中で思いがけず、勤め帰りの伊東先生に会った。『現代詩集』を読んだことを話し、お家へ行ってもいいですかといったら、気さくに高野線の堺東からお宅への道順を詳しく教えて、「いらっしゃい」といって下さった。（「私の履歴書」）

＊

私は日本の現代詩ばかりでなく、現代文学についても全く通じていなかった。私が伊東静雄にめぐり会う前に愛読していたのは井伏鱒二の『丹下氏邸』であった。井伏さんの作品は外語二年のころにはじめて読み、その後ずっと親しむようになった。（『文学交友録』）

＊

九州大学へ行くように勧めてくれたのは、伊東先生であった。大学へ行くことを私に勧めてくれたのも先生であった。外語は、卒業すれば社会人になる学校であるが、先生は、文学をするためには閑暇が大切なんです、ひまな時間がたっぷりあるということが大事なんです、大学へ行けばその閑暇がある、たっぷりある、それが大事なんですといって、大学へ是非進みなさいといってくれた。（『文学交友録』）

＊

私は昭和十八年の十二月に海軍に入隊した。学徒出陣といわれた時で、それから一年間、予備学生の教育を受けて少尉に任官した。赴任先は比島の航空隊で、二十年一月に九州の佐世保に集まったが、マッカーサーの上陸作戦が始まったため、行けなくなった。（「私の戦争文学」）

＊

はじめて活字になった自分の小説「雪・ほたる」の載った「まほろば」を私が手にしたのは、海軍に入隊したあとであった、横須賀に近い武山の海軍予備学生隊で私は「まほろば」を手にした。伊東静雄先生が「まほろば」の友人へと題して書いて下さった、私のことを紹介する文章に、大竹海兵団に入隊する私のための歓送の宴に出席した折の詩が添えられてあった。（「林富士馬さんを偲ぶ」）

＊

私は復員するとすぐに今宮中学に歴史の教師として勤めた。そこは偶然、藤沢（桓夫）さんの母校であった。私の受け持ったクラスには野球のうまい生徒が集っていて、私はこの連中に頼まれて野球部の部長になった。（「藤沢さんのこと」）

＊

復員した翌年、二十一年の一月に結婚した。父のすすめてくれた相手は、帝塚山学院の卒業生であった。それも幼稚園から小学部、女学部、女学部高等科を出たいわば「学院っ子」である。（『ワシントンのうた』）

＊

長女が生れたのは、停電の多い年であった。赤ん坊はいつも暗がりに寝かされていた。私たちはカーバイドに火をつけて、夕食を食べたことを思い出す。明るいが、臭いがきつかった。（「私の履歴書」）

＊

初めて文芸雑誌に出た作品は「愛撫」で、『新文学』の昭和二十四年三、四月合併号に載ったが、この雑誌はその後何カ月か経ってつぶれ、従って私の原稿料も貰えなかった。

もっとも、私に取って処女作であるこの小説はそれ自体はお金にならなかったが、これが『群像』七月号の創作合評に取り上げられ、割合に好評であったために、同誌から初めて小説の注文が来た。（「『舞踏』の時」）

＊

会ったばかりの吉行（淳之介）と二人で街へ出た。どうしてそんなことになったのか、不思議だ。吉行が、「焼鳥屋へ行こう」といって、私を有楽町近くの屋台の焼鳥屋へ案内してくれた。その店ではコップに三杯以上は、たとえ客が欲しがっても飲ませないという強い焼酎（であったような気がする）を吉行と二人で飲んだ。（『文学交友録』）

＊

昭和二十六年の九月に私が朝日放送に入社して、文芸教養番組の制作を担当するようになったとき、ほぼ同じころに入社して教養班に配属された阪田寛夫と知り合った。ラジオの民間放送が開始され、大阪でも朝日放送が名乗りを上げ、間もなく開局しようとしているときであった。（『文学交友録』）

＊

伊東先生はいちばん奥の北病棟の、カーテン一つで仕切った部屋で（もとの教室だろうか）三年半寝ておられた。入口のカーテンの丁度手で押し開くところが汚れて黒くなっていた。お見舞いに行って、カーテンに手をかけるとき、私は長い間お見舞いに来なかった自分を責める気持と、その間に先生の病状がひどく悪くなっているのではないかという不安とで、きまって足がすくんだものであった。（『文学交友録』）

＊

「恋文」と「喪服」の二篇がはじめて芥川賞の候補になった年に、私たちは幼い二人の子供を連れて東京へ引っ越して、石神井公園の麦畑のそばの家に住むことになる。昭和二十八年九月、私が三十二歳の年のことであった。大阪駅のホームには特急はとに乗り込んだ私たち一家を見送りに朝日放送の仲間が来てくれた。「庄野潤三君バンザイ」といってくれた。

東京駅に着くと、ホームにはこの数年で親しくなった安岡章太郎、吉行淳之介に、私たちより一足先に東

京小岩に引越した島尾敏雄、練馬の土地を世話してくれた真鍋呉夫らが集まり、

「やあ来た、来た」

といって私たち一家を迎えてくれた。（『ワシントンのうた』）

＊

私の創作集が出て、東中野のモナミで友人が会をしてくれた時（二十九年のはじめころであった）、小山（清）さんが出席して、次のような卓上演説をした。

「大阪の朝日放送から原稿の注文がある時は、きまって電報で来る。それが、どういうわけか、私のうちにお金が無くなりかけた時を見はからったように来る。しかも、原稿を送ると、向うへ着いたか着かないかと思うころに、原稿料が届く。それは、ピンポン玉を打ち返すような早さである。よほど、せっかちな人のように思われる。しかし、私たちには大へん有難かった。そこで、家にそろそろお金が無くなりかけると、家内と二人で、もう電報が来るかなと話している。果して電報が来る。二人で、千里眼のような人ではないだろうか、と云っていた」（『小山清の思い出』）

＊

私たちは数日、母の枕もとにいたが、母の容態が落着いたので（口はまだきけなかったが）、学校を休ませて連れて来た子供を東京へ帰すことにした。

夜行列車で東京へ帰る妻と子供を送りに大阪駅へ出かけたその留守に、東京から「プールサイド小景」で芥川賞受賞がきまったという知らせが入った。妻と子供を帰したあと、私も東京へ引返した。

母は私の受賞のことが分っただろうか。口はきけなくても、新聞は読むことが出来たので、母は分ってくれたと思う。（『ワシントンのうた』）

＊

私は芥川賞を受賞して、勤めていた放送会社をやめた。勤めをやめると、時間がいっぱいある。で、私は仕事に飽きると、よく自転車のうしろに小学生の長女を乗せて武蔵野の面影を残したあたりを走った。私の家は練馬区の石神井公園にあり、そこから井伏さんのおられる荻窪清水町までは近かった。私は度々、井伏さんのお宅へ自転車で出かけた。（「井伏さんを偲ぶ」）

＊

私と妻がアメリカへ一年留学することになったとき、ロックフェラー財団のフェローとして留学出来るようにお世話下さった坂西志保さんが、出発前にお目にかかった折、向うでお茶や食事に招かれたときは、すぐに、短くていいからサンキューレターを出しなさいといわれた。私たちはオハイオ州ガンビアにいた一年間、坂西さんのいわれた通りにした。帰国してからは、三人の子供に坂西さんの教えを伝えた。（『鳥の水浴び』）

＊

私は「群像」に一挙掲載の長い小説を書く約束をして、昭和三十四年の春ごろからその仕事にとりかかり、兄の友人のいる和歌山県九度山の宿へこもったりした。ところが、なか

なか書くことが決まらなくて難渋した。そういう状態が半年以上続いた。いつまでも書き出せないでいると、気が滅入った。（『文学交友録』）

＊

この年の暮に早稲田の大隈会館で古木鉄太郎さんを偲ぶ会があり、出席した。会場で久しぶりに会った佐藤春夫先生にごあいさつすると、「どうしておるのか」と訊かれた。多分、「群像」の大久保房男編集長から私が長いものを書くといいながら、一向に仕事がはかどらないでいることを聞いて気にしていて下さったのだろう。

「書こうとしているんですけど、書けなくて」と申し上げると、「どうして書けないか」とおっしゃる。

「書きたいことはあるんですけど、それがみなばらばらで、つながらないんです」

と申し上げると、佐藤先生は、

「先ず一として一つ書いてみるんだな。次に二としてもう一つ書く。あとで順番を入れかえた方がいいと気づいたら、三と四を入れ替える。とにかく、考え込んでいないで、先ず書き出してみることだね」

とおっしゃった。（「私の履歴書」）

＊

生田へ引越して来た私たちは、近いうちにこの山がこわされて住宅公団の団地が建つことを聞かされたので、名残を惜しみながら山と親しんだ。先ず私たちの通り道にみんなで名前をつけた。駅から生田中学へ上って来る道を「中学の道」（そばに大きな柿の木のある農家が一軒ある）、そこからわが家の方へ尾根伝いに来る道を「まん中の道」、崖伝いに駅の方へ下りてゆく道を「S字の道」（私たちは駅へ出るにはもっぱらこの道を歩いた）、森の中を抜けて行く「森林の道」というふうに。（「私の履歴書」）

＊

井伏さんは八月下旬に新潮社から出る『取材旅行』の校正刷を前に、直した個所を一つ一つ担当者に見せていくところだった。夕方、帰ろうとしたら、久しぶりだからちょっと散歩しましょうと誘われ、車で阿佐ヶ谷へ行き、飲屋を二軒まわって、最後は車でお送りしてから十二時過ぎの小田急で帰った。（「山の上に憩いあり」）

＊

もとより私は、われわれの日常親しんでいる自然の景色が（そこにある人間生活を含めて）そのままで何時までもこの世にあるとは考えていない。ただ、つい此間まで小綬鶏や山鳩の飛び出して来た道が、もうどの辺にあったのかも分らなくなり、見事に無に帰してみると、それが灌木の枝や枯草に覆われていつものところにあった時から、既に何か幻の道のような趣きがありはしなかったかと思われて来るのである。（『鳥』あとがき）

＊

『夕べの雲』は、昭和三十九年九月から昭和四十年一月まで日本経済新聞に連載された小説で、四十年三月に講談社から出版され、翌四十一年二月、第十七回読売文学賞を受賞した。この小説を書くとき、私は多摩丘陵のひとつの丘の上(私たちは「生田の山の上」と呼んでいた)へ引越して来てからのことを含めて、五人家族の私自身の現在の生活を取り上げてみようと考えた。つまり、「いま」を書いてみようとした。(『夕べの雲』の一家」)

＊

長女は近くで遊んでいる長男と次男の分の傘も持って出たが、探しても見つからないので、こちらへ来た。二人は、木の下で雨宿りしていたが、ずぶ濡れになって、帰って来た。

妻が、いっそそのままお風呂がわくまでいなさいというと、二人よろこんで、雨の中で遊ぶ。(「夏の日記」)

＊

先日、私のうちの小学六年生になる男の子が、朝御飯を食べてから、かばんを背負って、前の日、暗くなるまでかかってつくった鉢植の温室をみに庭へまわると、椎の木の辺で、ジュッ、ジュッという鳴き声がした。姿は見なかったが、「あれ、ウグイスだな」とすぐ分った。しばらく聞いてから学校へ行ったそうである。私は、聞きそこねた。(「笹鳴」)

＊

長女が大きくなって、学校を卒業して商船三井に勤めているころ、井伏さん夫妻のお世話で結婚することになった。奥さまの女学校のときの友達で文京区西片にいる方の次男を紹介して下さって、結婚した。仲人は小沼丹が引受けてくれたが、縁談が整うまでのお世話は、井伏さん夫妻がして下さった。子供のころに自転車のうしろに積んでお宅へよく連れて行った御縁であったと思いたい。(『文学交友録』)

＊

日本作家代表団が三週間、中国各地を旅行した。その団長が井上(靖)さんで、私も仲間に加えて頂いた。ほかに司馬遼太郎、水上勉、戸川幸夫、小田切進、福田宏年、井上ふみ夫人の皆さんが一緒に出かけた。(「井上さんを偲ぶ」)

＊

おせち料理で銚子一本飲み、その勢いで百人一首新春第一戦ということになったが、十五枚でびり。夜通し仕事をして来た長男が四十三枚取って勝つ。(「日記」)

＊

なつめちゃんが音楽学校の本科生の夏休みであった。芸名をつけてもらうからには、一度本人を見てやって下さいと阪田寛夫にいわれて、会うことになった。その頃、阪田は講談社から出る私の全集の各巻に解説を書いてくれていて、その仕事のために月に一回、新宿の鰻屋で私と会っていた。そこへなつめちゃんと連れ立って来ることになった。私の妻が書いた「なつめちゃんメモ」によると、その日、鰻屋から帰った私に、待ちかねた妻が、どんなふうでしたかと尋ねると、

「物いわなくて、頭をペコンと下げただけで立っていた。細くて、ジーパンはいていて、鉛筆みたいな子だったといわれました」

という。（「紙吹雪」）

＊

「水の都」ははじめにいったように五十代の半ばを過ぎかけた時の作品だが、文芸雑誌に小説が載るようになって二十年以上になるのに、それまで一度も大阪を書いてみようとしなかったのはどうしてだろう。小学生の頃の話なら短篇がいくつかある。中学時代も一つくらいある。だが、どれも生家のあった帝塚山のことで、いわゆる大阪ではない。ことさらに大阪を避けようとしたわけではなく、ましてや一生書かないと決めたわけでもないのに、ひとりでにそうなった。おそらく自分が生れ育った郊外の、私立学校と一緒に大正の初期に始まった住宅町には、大阪の街なかの市井の匂いといったものが全くといってもいいほど欠けていたせいだろう。また、私の両親が大阪人でなく阿波の徳島育ちであったこととも無関係ではない。（「淀川の水」）

＊

私たちの家から歩いて三十分とかからないところにいた長女の一家が、九年間住み馴れた二間の借家と働き者の大家さんの小母さん、夫婦で食料品の店を経営しているお隣のなか子ちゃんの家族に別れを告げて、同じ神奈川県ではあるが、小田原に近い、相模湾を見下ろす山に新築した家へ引越してから、ちょうど一年になる。

三人の男の子のうち、上の二人は町の小学校まで一時間近くかかって通っているが、もうすっかり土地の言葉になり切って、

「つくし取りにいくべえ」

「明雄も来るのけえ」

などといっているらしい。（「長女の手紙」）

＊

はじめて伊良湖岬へ行ったのは、私が還暦を迎えてから少し後であっただろうか。多分、その翌年あたり、小沼に声をかけてみた。小沼は私のように海水浴好きではないから、秋にどうですかといったら、丁度、早稲田祭というのがあって一週間ほど休みがあるから、そのときに連れて行ってくれないかということになった。

夏に来るとき、私たちが泊った、いちばん見晴しのいい部屋に小沼夫妻に入ってもらった。私たちはその向いの部屋に泊った。だが、この部屋からも遠くに海岸線のひろがりが見える。（『文学交友録』）

＊

左足がうまく靴に入らなかっただけではない、このとき、私の顔は引き攣って、明らかに「異状事態」が生じたことを語っていた。

私はこの日、妻が電話をかけて呼んだ救急車で川崎市溝ノ口の救急病院へ運び込まれた。病名は脳内出血であった。（「ゆっくり歩く」）

＊

家に戻るなり、いきなり真冬を迎えたわけだが、一月のきびしい寒さのなかで私は防寒外套に身を固め、病院の売店で求めた杖を手に、家族の者に附添われて家の近くを毎日、歩いた。（「春を待つ」）

＊

『夕べの雲』を書いた年から二十五年たった今年の五月、妻が書斎の仕事机の上の小さな花生けに、切って来たばかりの、生き残りのただひとつのブッシュのばらを一輪活けた。

「この家始まって以来のばらです」

（『夕べの雲――自作再見』）

＊

四時すぎに病院の長男から女の子が生れましたという電話がかかった。すぐにミサヲちゃんと南足柄の長女、古河のあつ子ちゃんの実家に知らせた。ミサヲちゃんに女の子が生れたこと、安産であったことを話すと、そばでフーちゃんの「バンザイ、バンザイ」という声が聞えた。（『鉛筆印のトレーナー』）

＊

宝塚大劇場での大浦みずきのさよなら公演を先に観ている長女が、はじめて宝塚を観る五歳のフーちゃんのために説明役になって、まわりの席の人の邪魔にならないように、ときどき、そっとフーちゃんに話しかけてやった。主役のアルヴィーゼになった大浦みずきが舞台中央に現れると、

「あれがなつめちゃんよ」

と話しかけるというふうに。（『鉛筆印のトレーナー』）

＊

子供が大きくなり、結婚して、家に夫婦が二人きり残されて年月がたつ。孫の数もふえて来た。もうすぐ結婚五十年の年を迎えようとしている夫婦がどんな日常生活を送っているかを書いてみたいという気持が私にあり、それが「新潮45」の亀井龍夫さんに分って、「貝がらと海の音」を書くことになった。（『貝がらと海の音』あとがき）

＊

夕方、吉岡達夫から電話かかり、「小沼が昨日のお昼、十二時半に病院で肺炎で亡くなった。家族だけで葬儀をすませて、小沼はもうお骨になって家に帰った。さっき、奥さんから電話があった」という。（『せきれい』）

＊

朝、庭の水盤に四十雀来て、水浴びする。これを見るのがたのしみ。「波」の原稿五枚書く。あと、一回目歩く。くたびれて、昼前の二回目はお休み。午後の三回目に、いつものコースから遠回りしてよけいに歩く。一万四千歩くらいかなと思ったら、一万七千歩になっていた。（『週間日記』）

＊

一日の仕事が終り、あとはフロに入って寝るだけというとき、妻は書斎の本棚の前からハーモニカを持って来て、居間の卓上におく。

「何にしましょう？」

といって曲をきめる。昔の小学唱歌や童謡のなかから一曲選んで、私がハーモニカを吹き、妻が歌う。これが私たち夫婦の大切な日課となってどのくらいたつだろう？　十年になるかも知れない。（『星に願いを』）

＊

二〇〇九年、九月二十一日、老衰のために自宅で永眠。

山の上の親分さんとお上さん江

ハイケイ、足柄山からこんにちは。

一昨日は、待ちに待った正雄の結婚式でした！

お天気は最高、桜は満開です。

花嫁の奈津美ちゃんは、伊豆生まれの伊豆育ち、顔も心も可愛い人です。正雄は伊豆で仕事もお嫁さんも見つけました。

お父くんが最初の脳出血で倒れた時、私は末っ子の正雄をおんぶして病院に通い、どちらが先に歩けるようになるか競争したのですよね。

式場の中伊豆ワイナリーは、周囲は一面のぶどう畑、遠くにのどかな伊豆の山々が連なり、かなたの雲の上に富士山が浮かんでいます。

「今日はおもてなしのパーティーです。皆さん、思う存分呑んで食べて楽しんでください！」

という正雄のあいさつで始まった宴は、若い人が多く、とても陽気な、くつろいだ会になりました。何より、次々と運ばれてくるお料理と、飲み放題のお酒のおいしいこと。隣のトーサンは、「悪くねえ」と言いながら飲むピッチが早くて、最後に挨拶があるのに心配です。

龍也家は、家族全員での旅行は十何年ぶりとかで、日頃、家族や花や小鳥の世話で獅子奮迅の働きをしているたっさんは、ふんだんのお酒とご馳走に、本当に嬉しそう。恵子ちゃんの子供の一歳四ヶ月の千恵ちゃんは、口いっぱいにほおばって、スプーンをふり上げご機嫌です。

横で敦子ちゃんと恵子ちゃんが、つきっきりで世話をしています。でも、ふたりともデザートバイキングまでしっかり食べていました。

操ちゃんは、「これ、お母さんにいただいたんです」と胸に真珠のブローチをつけて来てくれて、フーちゃんが半年前に結婚したからでしょう、楽しそうにゆっくりお料理を味わっていました。

サプライズで今村四兄弟が並んで紹介された時は、私はギョーザを百個も作っていた頃を思い出して感無量でした。宴の終りにトーサンはちゃんと挨拶をしてくれて、花束をもらった奈津美ちゃんのお母さんは涙をこぼし、私はもらい泣きをしました。

最後に全員外に出て合図と共に一せいに風船を飛ばしました。広い伊豆の空に風船と歓声が昇っていく時、私は、今夢を見ているのではないかと思いました。

今回の結婚式は、皆が心おきなくお酒を飲めるように、四家族が隣のホテルに泊まるという太っ腹の計画にしたので、宴が終っても楽しい事は続きます。

お風呂や夜のカラオケ、朝の散歩や朝食では、なじみの顔とはち合わせておもしろかったです。

龍太君は四月から家を出て新しい生活が始まり、うちの孫達も中学生や高校生になるので、正雄の結婚のお陰で思いがけず皆がお祝いの楽しい旅行が出来、一族郎党大満足。めでたし、めでたしででした。

今、足柄山の我が家で、幸せな二日間を一つ一つ思い出しながら、ム、ム、ム、無上の喜びにひたっています。

ご先祖様や八百万《やおよろず》の神様に、感謝の気持ちでいっぱいです。

でも一番この気持ちを伝えたいのは、親分さんとお上さんです。

足柄山にて　夏子より

「お父くん、お母くん、いつも見守ってくれて、本当に、ありがとうございます。」

二〇一八年春

庄野潤三・短篇集収録作品（刊行順）

『愛撫』

愛撫
舞踏
メリイ・ゴオ・ラウンド
スラヴの子守唄
会話
噴水
恋文
喪服
流木

『プールサイド小景』

黒い牧師
臙脂
紫陽花
結婚
プールサイド小景
十月の葉
団欒
伯林日記
桃李

『結婚』

恋文
流木
結婚
舞踏
鷲ペン
プールサイド小景

『バングローバーの旅』

雲を消す男
薄情な恋人
ビニール水泳服実験
兄弟
勝負
無抵抗
机
緩徐調
バングローバーの旅

『静物』

静物
蟹
五人の男
相客
イタリア風

『道』

道
南部の旅
静かな街
なめこ採り
二つの家族
ケリーズ島
マッキー農園
二人の友

『旅人の喜び』

旅人の喜び（長編）
ニューイングランドびいき
三つの葉

『鳥』

鳥
薪小屋
日ざかり
雷鳴

『佐渡』

舞踏
会話
恋文
黒い牧師
プールサイド小景
勝負
机
緩徐調
バングローバーの旅
蟹
相客
南部の旅
佐渡

『丘の明り』

冬枯
行きずり
まわり道
つれあい
秋風と二人の男
山高帽子
石垣いちご

曠野
蒼天
卵
丘の明り

『小えびの群れ』

星空と三人の兄弟
尺取虫
パナマ草の親類
野菜の包み
さまよい歩く二人
戸外の祈り
小えびの群れ
秋の日
湖上の橋
雨の日
年ごろ

『絵合せ』

絵合せ
蓮の花
仕事場
カーソルと獅子座の流星群
鉄の串
父母の国
写真家スナイダー氏
グランド・キャニオン

『おもちゃ屋』

沢登り
燈油
おんどり
甘えび
くちなわ
ねずみ
泥鰌
うずら
おもちゃ屋

『休みのあくる日』

休みのあくる日
砂金
組立式の柱時計
餡パンと林檎のシロップ
雨傘
鷹のあし
花
話し方研究会
橇
宝石のひと粒
漏斗
三宝柑（掌編）
引越し
葡萄棚

『鍛冶屋の馬』

鍛冶屋の馬
七草過ぎ
ユッカ蘭の猫
花瓶
草餅
ココアと筍
梅の実
雲の切れ目
シャボン玉吹き
納豆御飯
真夜中の出発

『屋上』

屋上
五徳
やぶかげ
かまいたち
かたつむり
家鴨
分れ道の酒屋
菱川屋のおばあさん
写真屋
コルクの中の猫
双眼鏡
割算
三河大島
伊予柑
ある健脚家の回想
モヒカン州立公園

『葦切り』

葦切り
メイフラワー日和
ガンビア停車場
失せ物
おじいさんの貯金
泣鬼とアイルランドの紳士

庄野潤三・随筆集収録作品（五十音順）

【あ】
相性と運命（ぎ）
青い蘭の花（散）
「青木繁」（花）
青葉の庭（花）
青柳さんの思い出（庭）
青柳邸訪問記（羽）
赤毛のアン（誕）
明るく、さびしい（花）
赤ん坊と切抜帳と「日本詩歌集」（ぎ）
赤ん坊のころ（花）
「明夫と良二」（ぎ）
秋元松代さんのこと（羽）
アケビ取り（花）
朝のコーヒー（ぎ）
あとにのこるは（野）
「あなただけ今晩は」（花）
兄のいた学校（庭）
兄の贈物（ぎ）
兄の手紙（羽）
姉おとうと（御）
雨の庭（庭）
アメリカの田舎道（庭）
アメリカの匂い（イ）
あらいぐま（庭）
新たなるよろこび（野）
歩く（孫）
あわれときびしさ（羽）
アンドリュー・ワイエス展（イ）

【い】
「イースター・パレエド」（誕）
言いそびれた話（花）
飯田中尉のこと（野）
井内先生の思い出（ぎ）
家にあった本・田園（庭）
「家」のお種（羽）
家の中の百閒（庭）
いきいきと（散）
生田小学校の金木犀（イ）
池田さんとのご縁（野）
石売り（羽）
石狩川（花）
忙しい夏（イ）
イソップとひよどり（イ）
磯の小貝（イ）
市場まで（御）
一番咲きの薔薇（誕）
一枚の絵（花）
一枚の写真（誕）
一枚のレコード（イ）
胃腸病院の漱石（羽）
一路平安（御）
一本の葡萄酒（御）
伊東静雄全集から（庭）
伊東静雄のこと（庭）
伊東静雄の手紙（花）
伊東静雄「野の夜」（孫）
伊東静雄・人と作品（庭）
伊東先生（羽）
犬の遠吠え（花）
井上さんとのおつきあい（孫）
井上さんの印象（羽）
井上さんを偲ぶ（誕）
井伏さんのお酒（野）
井伏さんの『たらちね』（散）
井伏さんの『徴用中のこと』（野）
井伏さんの本（散）
井伏さんを偲ぶ（散）
井伏鱒二聞き書（イ）
井伏鱒二さんのかめ（孫）
井伏鱒二「へんろう宿」（誕）
イモリの話（花）
印象（庭）
印象に残った本（孫）
印象深い本（イ）
『インド綿の服』のこと（孫）

【う】
ウィルソン食料品店（庭）
ウエバーさんの手紙（誕）
浮世（御）
うさぎの話（野）
うさぎのミミリー（野）
『うさぎのミミリー』のこと（孫）
牛（イ）
憂しと見し世ぞ（羽）
「丑寅爺さん」と詩碑除幕式（誕）
内田百閒「夜明けの稲妻」（花）
うちのノラ公（庭）
海からの土産（御）
海のそばの静かな町（花）
梅崎さんの字（羽）
梅の花（羽）
梅の実とり（野）
梅見のお弁当（散）

(羽)−『自分の羽根』、(花)−『クロッカスの花』、(庭)−『庭の山の木』
(イ)−『イソップとひよどり』、(御)−『御代の稲妻』
(ぎ)−『ぎぼしの花』、(誕)−『誕生日のラムケーキ』
(散)−『散歩道から』、(野)−『野菜讃歌』、(孫)−『孫の結婚式』

浦島太郎 (誕)
うり坊のはなし (散)

【え】
『絵合せ』を読む (野)
エイヴォン記 (誕)
永遠に生きる言葉 (羽)
英国生れの女優 (イ)
「英語歳時記／春」 (花)
英二伯父ちゃんの薔薇 (散)
江嶋さんの作風 (ぎ)
エドワード・グレー卿 (ぎ)
エリア随筆 (御)
『エリア随筆』『丹下氏邸』 (孫)
延長戦 (羽)
遠藤から届いた花 (野)
遠藤の新しい本 (野)

【お】
老いての物語 (誕)
お祝いの絨毯の話 (野)
王維の山の詩 (野)
『王様の背中』 (御)
大きな犬 (誕)
大きな西瓜 (孫)
大食い (羽)
大倉山公園の図書館 (ぎ)
大竹さんから聞いたこと (誕)
おかしみ、浄福 (ぎ)
『丘の橋』 (誕)
「荻窪風土記」の思い出 (ぎ)
荻野君のくれた手紙 (ぎ)
幼な顔 (ぎ)
大佛次郎と『苦楽』の時代 (散)
おじいちゃんの食後 (孫)
お裾分け (羽)
お多福かぜ (御)
夫のいい分、妻のいい分 (イ)
弟の手紙 (羽)
尾長 (ぎ)
小沼丹 (孫)
「小沼丹作品集」 (ぎ)
小沼丹の『清水町先生』 (散)
小沼とのつきあい (野)
オハイオから (御)
オハイオの新聞 (イ)
お墓参り・達治詩碑 (散)
おはじき (御)
「お前のうちじゃがな」 (羽)
折にふれての詩 (御)
おるす番 (誕)
オルフォイスと「小公女」 (ぎ)
「俺たちに明日はない」 (花)
女の子と魚屋 (御)

【か】
開会の挨拶 (散)
会計簿と「チェーホフ読書ノート」 (誕)
海水浴 (イ)
海賊の切手 (散)
「回転木馬」 (庭)
会話 (羽)
「花眼」の作者 (花)
柿生の河上さん (ぎ)
書初め (御)
崖の坂道 (孫)
崖の坂道で (孫)
梶井基次郎 (羽)
歌集『利根川の漣』 (誕)
家族新年会 (孫)
「家族日誌」 (花)
花鳥図 (ぎ)
花鳥図 (誕)
神奈川と私 (誕)
金物屋 (御)
金物屋まで (誕)
かみなり (御)
紙吹雪 (散)
紙屋の店員 (庭)
香山蕃『ラグビー』 (誕)
烏瓜 (羽)
硝子屋 (御)
「瓦礫の中」 (イ)
河盛さんを偲ぶ (孫)
寒気団・ぎんなん・水中ポンプ (イ)
勧工場のこと (花)
かんぞう (御)
ガンビアの正月 (羽)
「ガンビアの春」補記 (ぎ)
漢文の井内先生 (散)
『還暦の鯉』の井伏さん (散)

【き】
黄色い帽子 (羽)
聞き手と語り手 (誕)
菊池さんの手紙 (ぎ)
喜劇の作家 (花)

危険な事業　（羽）
雉鳩　（イ）
汽車の中　（御）
汽笛と武蔵野の森　（ぎ）
「騎兵隊」　（花）
ぎぼしの花　（ぎ）
気儘な附合い　（誕）
キャピュレットの召使　（御）
木山捷平「苦いお茶」　（花）
休暇中のロン　（ぎ）
九州との縁　（誕）
「仰臥漫録」　（御）
清瀬村にて　（庭）
霧とイギリス人　（イ）
近況　（庭）
近況　（ぎ）
近況　（誕）
近況　（孫）
近況Ⅰ　（野）
近況Ⅱ　（野）
銀行の娘さん　（御）
ぎんなん　（ぎ）

【く】
草野さんを偲ぶ　（誕）
郡上八幡　（庭）
くちなしの花　（イ）
くつぬぎ　（庭）
熊谷守一の回顧展　（羽）
雲隠れ　（ぎ）
「グラッ返り」　（誕）
「栗の樹」　（イ）
「グレート・レース」　（花）
苦労性　（羽）
クロッカス　（御）
クロッカスの花　（花）

【け】
慶同ラグビー　（誕）
結婚記念日　（イ）
『毛蟲の舞踏会』　（羽）
原稿の字と小説の主題　（ぎ）

【こ】
ごあいさつ　（散）
黄河の鯉　（イ）
好奇心と無欲　（ぎ）
好奇心の強い人　（散）
こうこ鉢　（御）
「交尾」　（羽）
「興福寺の写真」　（イ）
幸福な家庭と不幸な家庭　（羽）
荒野の苔　（誕）
「光耀」のころ　（孫）
ゴーゴリ　（羽）
古木鐵太郎全集　（誕）
「故郷の琴」　（庭）
「漕げや海尊」　（ぎ）
小島の手紙　（羽）
小綬鶏　（イ）
小綬鶏　（ぎ）
「孤島夢」のころ　（御）
今年の秋　（誕）
今年の仕事　（羽）
今年のムカデ　（羽）
子供が小さかったころ　（散）
子供と河上さん　（ぎ）
子供と佐藤先生　（羽）
「子供の絵」　（ぎ）
子供の盗賊　（羽）
子供の本と私　（庭）
コニャック市営競技場　（誕）
このごろ　（花）
このごろ　（野）
この夏の思い出　（野）
この夏のこと　（庭）
この夏のこと　（野）
この半年　（散）
このひと月　（庭）
好みと運　（花）
小判がた　（庭）
古備前の水甕　（イ）
米と醤油　（イ）
子守りの一日　（誕）
小山清の思い出　（花）

【さ】
在所言葉　（御）
最初の小説　（誕）
サヴォイ・オペラ年表　（誕）
『サヴォイ・オペラ』余録　（散）
阪田寛夫と「ノイマン爺さん」　（野）
阪中正夫　（庭）
魚・鳥・井伏さん　（花）
魚屋の兄弟　（御）
酒屋のおばあさん　（御）
酒屋の兄弟　（庭）
作品の背景　（花）
「さくらんぼジャム」　（散）
佐々木邦の随筆　（イ）
笹鳴　（花）
サザン・パシフィック鉄道　（イ）
「砂上物語」　（庭）
サッカーと私　（花）
佐藤先生と兄と「静物」　（孫）
佐藤先生の顔　（花）
佐藤春夫　（イ）
佐藤春夫『お絹とその兄弟』　（誕）
佐渡の定期バス　（花）
サローヤンの本　（花）
サンタフェ鉄道の思い出　（御）
三人のディレクター　（庭）
「ざんねん」とでびら　（散）

散髪屋ジム (羽)
散歩みち (庭)
散歩道から (散)

【し】
試合の前 (御)
じいたんのハーモニカ (散)
じいたんのハーモニカその後 (野)
シェイクスピア (羽)
『沙翁傑作集』のこと (野)
四月の雨 (ぎ)
慈眼 (散)
詩集夏花 (イ)
地震・雷・風 (羽)
静かな夜 (御)
自然堂のことなど (野)
実のあるもの (花)
師弟の間柄 (野)
自分の羽根 (羽)
島尾敏雄を偲ぶ (誕)
島田謹介氏邸 (花)
志摩の安乗 (羽)
詩三つ (花)
下曾我へ行った日のこと (ぎ)
下山省三「去年の雪」 (ぎ)
石神井公園 (羽)
軍鶏 (御)
週間日記 (孫)
自由自在な人 (羽)
就寝時刻 (花)
秋扇 (ぎ)
十六歳の入選作 (ぎ)
祝辞 (誕)
祝辞 (散)
宿題 (羽)
趣味のはなし (庭)
シュワルツ教授 (花)
生得のもの (イ)
少年・蟹・草野さん (庭)
「少年パタシュ」 (誕)
浄福を求めた作家 (花)
書状計 (花)
初対面のころ (孫)
「人生・読書」 (イ)
新宝塚大劇場への旅 (散)

【す】
水盤 (御)
水盤とオランダの絵 (ぎ)
スープ (誕)
好きということ (花)
好きなことば (イ)
好きな詩 (御)
好きな花 (羽)
好きな野菜 (庭)
スコットランド応援 (誕)
鈴江さんと神戸 (ぎ)
鈴虫 (孫)
鈴虫のはなし (孫)
硯・オノト・小皿 (イ)
スタインベック「菊」 (花)
巣箱 (御)
すみだの花火 (孫)
李と桃の花 (イ)

【せ】
正確さとユーモア (ぎ)
赤飯 (御)
世間話のたのしさ (花)
摂州合邦辻 (花)
雪舟の庭 (花)
絶版 (羽)
洗濯干し (ぎ)
仙人峠から三陸海岸へ (庭)

【そ】
創意工夫 (御)
漱石の日記 (花)
贈呈式での挨拶 (散)
卒業証書 (御)
率直、明瞭 (庭)
「素朴な味」 (ぎ)

【た】
大根おろしの汁について (野)
大事なこと (誕)
宝塚・井伏さんの思い出 (野)
宝塚との縁 (散)
たき火 (誕)
竹の柄の傘 (イ)
竹の籠 (羽)
蛇笏の一句 (散)
たつたの川 (羽)
旅から帰って (散)
旅さきの井伏さん (散)
旅のプログラム (誕)
多摩丘陵に住んで (花)
「玉突屋」 (羽)
多摩の横山 (羽)
ダロウェイ夫人 (御)
丹下氏邸・エリア随筆 (誕)
檀さんとの御縁 (散)
檀さんの印象 (羽)
檀さんの思い出 (御)
誕生日 (ぎ)
誕生日のアップルパイ (誕)
誕生日の贈り物 (散)
誕生日のラムケーキ (誕)
短篇ひとつ (イ)

【ち】
ちいさな漁港の町 (庭)
チェーホフ (御)
チェーホフの映画 (ぎ)
チェーホフのこと (羽)
チェーホフの言葉 (花)

「治水」 (花)
父　庄野貞一のこと (孫)
父と子 (イ)
父と子 (ぎ)
父のいびき (花)
『チャールズ・ラム伝』 (羽)
中国語の作文 (イ)
チューリップと豆大福 (ぎ)
長者の風格 (庭)
長女の贈り物 (御)
長女の宅急便 (誕)
長女の手紙 (ぎ)

【つ】
附添い (イ)
つぐみ (御)
つぐみに学ぶ (庭)
堤のほとり (御)
坪田さんの油壺 (花)
剣幸の退団を惜しむ (誕)
剣幸の魅力 (散)

【て】
ティペラリー (御)
帝塚山界隈 (花)
テレビの西部劇 (庭)
天龍川をさかのぼる (イ)

【と】
ド・ウィント「麦畑」 (庭)
燈下雑記 (イ)
「燈火頬杖」 (ぎ)
童心 (誕)
童心と風格 (孫)
豆腐屋 (羽)
豆腐屋 (花)
豆腐屋のお父さん (羽)
都会ぎらい (花)
「禿木随筆」 (ぎ)
時計屋の景色 (散)
土佐堀川 (散)
「杜子春」 (野)
「土手の見物人」 (イ)
「届かなかった手紙」 (ぎ)
隣り村から (花)
ともしび (御)
トランク (御)
鳥・景色・人 (御)
「トロイラスとクレシダ」 (花)
十和田さんの手紙 (御)

【な】
長沖さん (御)
「長尾良作品集」 (イ)
中村地平さん (花)
中村白葉随想集 (庭)
中山義秀氏 (羽)
中山さん (花)
仲人 (ぎ)
和やかに、しみじみと (散)
梨屋のお嫁さん (誕)
名瀬だより (羽)
なつかしい思い出 (孫)
『懐しきオハイオ』 (散)
夏の日記 (花)
生牡蠣 (羽)
南天の実とクロッカス (ぎ)

【に】
苦手 (羽)
二十年前 (御)
日豪ラグビーの思い出 (誕)
日常生活の旅 (花)
日曜日 (花)
日曜日の朝 (イ)
日記 (御)
日記から (羽)
日記と私 (花)
日本語の上手な詩人 (花)
日本語の達人 (野)
庭の雨 (イ)
二羽の鴨とグレー卿 (ぎ)
庭の水盤 (イ)
庭の隅 (御)
庭の鉄棒 (庭)
庭のブルームーン (野)
庭のむかご (庭)
庭の山の木 (庭)
「人間詩話」 (庭)

【ね】
猫 (御)
「猫」・「交尾」 (羽)
猫と青梅とみやこわすれ (ぎ)
「ねずみの競走」 (庭)
「熱帯柳の種子」 (庭)
年末の授産所 (庭)

【の】
能登の毛がに (誕)
野々上さんの新著 (誕)
のびやかに明るく (誕)
ノビルと太巻 (御)
のらくらピクニック (イ)

【は】
歯医者 (御)
葉書の文字 (ぎ)
萩焼の茶碗 (イ)
『白鳥の歌』・水甕 (散)
箱崎網屋町 (花)
はじめて書いた劇 (イ)
初めて候補になった頃 (ぎ)
はじめて出会った本 (御)
はじめての本 (羽)
母の命日 (御)
林の中で (羽)

林富士馬さんを偲ぶ　(孫)
はやとうり　(花)
パリと堺と河盛さん　(ぎ)
春浅き　(御)
春近し　(庭)
春のうた　(孫)
春の花・うぐいす　(庭)
春を待つ　(誕)
「反響」のころ　(庭)
板金屋のじいさん　(花)

【ひ】
「ピクニック」　(庭)
一つの縁　(花)
「火鉢」　(羽)
雲雀　(イ)
干物と菠薐草　(御)
「百千の」　(ぎ)
百科辞典と福原さん　(ぎ)
病院の早慶ラグビー　(誕)
病気見舞　(羽)
病後の私　(誕)
ひよどり　(花)
ひよどり　(花)
ひよどり　(御)
日を重ねて　(イ)

【ふ】
不案内　(花)
「フィクサー」　(庭)
フィリップの手紙　(野)
フィンガルの洞窟　(ぎ)
風雅の友　(庭)
フェアプレー　(誕)
福田宏年『バルン氷河紀行』　(散)
福原さんの言葉　(散)
福原さんの随筆　(散)
フクロウの声　(羽)
藤沢さんのこと　(羽)
藤沢さんの短冊　(ぎ)
藤澤さんを偲ぶ　(誕)
無精な旅人　(羽)
舞台再訪　(花)
ふっくらしたもの　(散)
葡萄酒の栓　(御)
「舞踏」の時　(庭)
「肥った女」　(庭)
冬の日　(花)
フランスの土産話　(野)
古い、美しい校舎　(羽)
『ブロードウェイの天使』(誕)
文学を志す人々へ　(羽)
文章の力　(誕)
文章の力　(孫)

【へ】
米国カナダ遠征　(誕)
米国ラグビーの将来　(誕)
へんちくりん　(ぎ)

【ほ】
「彷徨」の作者　(イ)
「豊年虫」　(孫)
方法としての私小説　(羽)
頬白の声　(庭)
朴葉みそ　(野)
母国語について　(イ)
「ボタンとリボン」　(誕)
「本棚の前の椅子」　(庭)
本との出会い　(孫)
本の置き場所　(花)
本の書き入れ　(ぎ)

【ま】
孫のくれたお祝い　(孫)
孫の結婚式　(孫)
孫娘の学習机　(散)
待合せ　(羽)
「町の踊り場」　(羽)
睫毛　(庭)
まめで、几帳面　(ぎ)
豆餅　(御)
マリアン・アンダーソン(庭)
漫画友達　(羽)
マンスフィールド　(羽)

【み】
三浦君の小説　(イ)
三浦哲郎の「枯すすき」(花)
水浴び　(イ)
水色のネッカチーフ　(庭)
水溜り　(御)
『水の都』の縁　(散)
水風船　(ぎ)
水へ来る鳥　(御)
道　(羽)
道のそばの家　(羽)
道ばた　(羽)
ミッキーマウス・マーチ(散)
南足柄行　(誕)
南の島のまどさん　(誕)
箕面の滝　(ぎ)
ミュージカル「シーソー」の記　(散)
三好さん　(羽)
御代の稲妻　(御)

【む】
昔からある本　(花)
昔の帝塚山　(ぎ)
昔の友　(イ)
昔のノートから　(誕)
昔も今も　(羽)
虫・ドラム罐乗り　(羽)
むじな坂のはなし　(孫)
「無数の目」　(イ)

息子の好物　（羽）
「村の家」の田口　（御）

【め】
名言　（野）
姪のクロッキー帖　（庭）

【も】
物売りの声　（ぎ）
森亮さんの訳詩集　（散）

【や】
やきもの好き　（誕）
野菜讃歌　（野）
野菜のよろこび　（孫）
「野趣」　（御）
安岡の着想　（羽）
「屋根」　（花）
山本さんと牛乳　（誕）
山百合　（ぎ）
ヤンダの芹と燕　（ぎ）

【ゆ】
夕暮れ　（羽）
夕食まで　（孫）
郵便受け　（花）
「夕べの雲」　（誕）
『夕べの雲』の一家　（散）
『夕べの雲』の丘　（野）
『夕べの雲』のご縁　（孫）
ゆっくり歩く　（孫）
ゆとりときびしさ　（庭）
ユニバーシアード讃歌　（誕）
有美ちゃんのおみやげ　（散）

【よ】
要約された言葉　（花）
横浜との縁　（ぎ）
吉田健一　（御）
『餘日』の一句　（散）
吉本先生　（花）
吉本先生のこと　（孫）
淀川の水　（ぎ）
喜びの種子見つけて　（誕）

【ら】
ラインダンスの娘たち　（庭）
ラグビー場にて　（花）
らっきょと自然薯　（庭）
ラム　（ぎ）
ラムとのつきあい　（孫）
ラムの『エリア随筆』　（野）
ラムの引越し　（ぎ）
ランサムさんの思い出　（羽）

【り】
律儀で純真　（孫）
リハビリ訓練の日々　（孫）
「琉球弧の視点から」　（イ）
『旅愁』の作者　（散）

【れ】
歴史と記憶　（ぎ）

【ろ】
老人　（羽）
老年について　（花）
芦花恒春園　（花）
驢馬　（誕）
ロビンソン・クルーソーの傘　（散）
ロンドンの物音　（花）

【わ】
ワールドカップ印象記　（孫）
わが愛するうた　（花）
わが子の読書指導　（庭）
わが散歩・水仙　（野）
わが師の恩　（孫）
わが小説　（羽）
わが青春の一冊　（イ）
わが庭の眺め　（野）
湧き出るよろこび　（野）
忘れ得ぬ断章　（羽）
「忘れ得ぬ人々」　（ぎ）
早稲田の完之荘　（花）
「早稲田の森」　（庭）
わたしと古典　（庭）
私の映画見物　（イ）
私の近況　（花）
私の古典　（花）
私の散歩　（御）
私の写生帳　（イ）
私の週間食卓日記　（孫）
私の取材法　（庭）
わたしの酒歴　（羽）
私の小説作法　（羽）
私の好きな歌　（野）
私の戦争文学　（花）
私の第一創作集　（イ）
私の代表作　（庭）
私の机　（イ）
私の夏の愉しみ　（誕）
「私の文学遍歴」　（庭）
わたしのベスト３　（散）
わたしの母校　（羽）
私のリフレッシュ　（野）
侘助　（御）
侘助　（ぎ）
「われとともに老いよ」　（野）

【を】
をりとりて　（散）

一七二ページ　写真提供　新潮社
一七六ページ　日本経済新聞社撮影
その他、一六一ページから一七五ページの写真は、
今村夏子氏のご提供によるものです。
写真の著作権につきましては、判明していないものもございます。
当該の方は弊社までご一報くださいますようお願い申し上げます。

佐伯一麦（さえき・かずみ）
一九五九年宮城県生まれ。小説家。著書に『ノルゲ Norge』（第六〇回野間文芸賞）、『還れぬ家』（第五五回毎日芸術賞）、『渡良瀬』（第二五回伊藤整文学賞）などがある。

岡崎武志（おかざき・たけし）
一九五七年大阪生まれ。書評家、古本ライター。著書に『女子の古本屋』、『蔵書の苦しみ』など、編書に『夕暮の緑の光　野呂邦暢随筆選』、『親子の時間　庄野潤三小説撰集』などがある。

上坪裕介（うえつぼ・ゆうすけ）
一九八〇年生まれ。山梨県生まれ。日本文学研究者。
主な論文に「庄野潤三研究―場所論的考察―」（「江古田文学」第七四号）、「多種多様な作家たち―庄野潤三から第三の新人を紐解く」（「三田文學」第 一一八第号）などがある。

北條一浩（ほうじょう・かずひろ）
一九六二年栃木県生まれ。ライター、編集者。
著書に『フラワーズ』、『わたしのブックストア』、共著に『本の時間を届けます』がある。

宇田智子（うだ・ともこ）
一九八〇年神奈川県生まれ。「市場の古本屋 ウララ」店主。
著書に『那覇の市場で古本屋』、『本屋になりたい』、『市場のことば、本の声』がある。

島田潤一郎（しまだ・じゅんいちろう）
一九七六年高知県生まれ。夏葉社代表、編集者。著書に『あしたから出版社』がある。

庄野潤三の本　山の上の家

二〇一八年七月三〇日　第一刷発行
二〇二四年六月一〇日　第五刷発行

著者　庄野潤三
発行者　島田潤一郎
装幀　櫻井久（櫻井事務所）
発行所　株式会社　夏葉社
〒一八〇-〇〇〇一
東京都武蔵野市吉祥寺北町
一-五-一〇-一〇六
電話　〇四二二-二〇-〇四八〇
http://natsuhasha.com/

印刷・製本　中央精版印刷株式会社

定価　本体二二〇〇円＋税

ISBN 978-4-904816-28-8 C0091 Printed in japan